SÉRIE
PENSE! RÁPIDO
LIVRO 1

QUE TAL ESTA NOITE?

Bridie Clark

QUE TAL ESTA NOITE?
toda decisão tem consequências

SÉRIE
PENSE! RÁPIDO
LIVRO 1

Tradução
Silvia M. C. Rezende

1ª edição

Rio de Janeiro-RJ / Campinas-SP, 2015

VERUS
EDITORA

Editora
Raïssa Castro

Coordenadora editorial
Ana Paula Gomes

Copidesque
Maria Lúcia A. Maier

Revisão
Raquel de Sena Rodrigues Tersi

Capa
Adaptação da original
(Andrew Arnold)

Projeto gráfico e diagramação
André S. Tavares da Silva

Título original
Maybe Tonight?
Snap Decision, book 1

ISBN: 978-85-7686-365-6

Copyright © Bridie Clark, 2013
Todos os direitos reservados.

Tradução © Verus Editora, 2015
Direitos reservados em língua portuguesa, no Brasil, por Verus Editora. Nenhuma parte desta obra pode ser reproduzida ou transmitida por qualquer forma e/ou quaisquer meios (eletrônico ou mecânico, incluindo fotocópia e gravação) ou arquivada em qualquer sistema ou banco de dados sem permissão escrita da editora.

Verus Editora Ltda.
Rua Benedicto Aristides Ribeiro, 41, Jd. Santa Genebra II, Campinas/SP, 13084-753
Fone/Fax: (19) 3249-0001 | www.veruseditora.com.br

CIP-BRASIL. CATALOGAÇÃO NA FONTE
SINDICATO NACIONAL DOS EDITORES DE LIVROS, RJ

C543q

Clark, Bridie, 1977-
  Que tal esta noite? Toda decisão tem consequências / Bridie Clark ; tradução Silvia M. C. Rezende. - 1. ed. - Campinas, SP : Verus, 2015.
  21 cm.   (Pense Rápido ; 1)

  Tradução de: Maybe tonight? Snap Decision, book 1
  ISBN 978-85-7686-365-6

  1. Ficção infantojuvenil americana. I. Rezende, Silvia M. C. II. Título. III. Série.

15-19743   CDD: 028.5
                                            CDU: 087.5

Revisado conforme o novo acordo ortográfico

Impresso no Brasil pelo Sistema Cameron da Divisão Gráfica da
DISTRIBUIDORA RECORD DE SERVIÇOS DE IMPRENSA S.A.

Aos meus filhos, afilhados, sobrinhas e sobrinhos

Vincit qui se vincit.
Vence quem vence a si mesmo.

PRÓLOGO!

Parabéns! Dentre um grupo de candidatos altamente competitivos, você foi selecionada para integrar a turma do primeiro ano da Academia Kings. Por causa disso, vai fazer parte de uma tradição de excelência acadêmica que formou mais líderes mundiais (cinco presidentes, no mínimo), pensadores (ganhadores de prêmios Nobel, Pulitzer, Fulbright... uau!), empreendedores (desde os cem CEOs da *Fortune* a produtores de Hollywood) e pessoas influentes (também conhecidas como podres de ricas) do que qualquer outro colégio interno do mundo. Nossa escola abre as portas para Harvard, Princeton e Yale. Nenhum outro membro da sua família jamais frequentou uma escola tão elitizada, muito menos com uma bolsa de estudos integral. A sua classe de calouros está repleta de Personalidades, Futuras Personalidades e Filhos de Personalidades.

Ah, e você, claro.

Mas, ei, sem pressão.

Em breve você vai perceber que fazer parte da vida social da Academia Kings pode ser muito mais difícil que dar conta da carga horária acadêmica, capaz de enlouquecer até o Stephen Hawking. Todas as suas escolhas terão consequências. Cada decisão será determinante para definir a pessoa em que você vai se transformar. Seu final feliz pode estar logo ali, mas você terá de ouvir seu coração e segui-lo com sabedoria.

Boa sorte. Você vai precisar.

SNAPSHOT! #1

Sábado, 15 de fevereiro, 20h15
Casa Pennyworth

— Você devia usar só saia — declarou Annabel, pegando uma linda minissaia Marc Jacobs vermelha e prata de dentro do guarda-roupa e arrancando discretamente a etiqueta de preço antes de jogá-la na sua cara. Você está esparramada na cama de baixo — a dela — do beliche que vocês dividem, com a cabeça apoiada em um dos travesseiros dela, com fronha de monograma bordado. O travesseiro tem um leve perfume de óleo de rosas, cheiro que é a marca registrada da Annabel. — Suas pernas são incríveis — diz ela. — Eu daria tudo por um par de pernas assim.

É difícil não revirar os olhos, uma vez que as pernas da Annabel são apenas um pouquinho mais curtas, mas você não duvida da sinceridade dela. Annabel Lake sempre vê o lado bom de todas as pessoas, especialmente o seu, e é sua melhor amiga desde que vocês se conheceram em setembro, durante a semana de adaptação dos novos alunos.

Será que só faz seis meses mesmo que você pisou no idílico campus da Kings, em New Hampshire — que é muito mais bonito pessoalmente do que nas fotos dos folhetos? Parece que faz um tempão. Você e Annabel estavam com o nariz grudado no mapa do campus quando trombaram na frente da estátua sisuda de um ex-diretor, cujos ombros exibiam um sutiã de renda cor-de-rosa, pendurado por um aluno.

— Sou tão atrapalhada! — Annabel tratou de se desculpar, como se a culpa pela colisão tivesse sido toda dela. Ela tinha um tipo de beleza que se destacava pela raridade. Pele perfeita, cabelos castanho-escuros, olhos de um azul-esverdeado transparente. Ela vestia uma camisa estilo Oxford desbotada, um short de corrida, um relógio Cartier Tank e um bronzeado adquirido em Nantucket. (Logo você descobriria que tudo fica maravilhoso na Annabel. Como quando a *Teen Vogue* sugeriu amarrar uma camiseta tamanho GG com barbante trançado e combinar com uma calça jegging manchada e um chapéu fedora. Na Annabel, o visual ficou moderninho e exótico. Em você, ficou parecendo "falha de segurança na ala psiquiátrica".)

— Você está bem? — perguntou ela, estendendo o braço para te ajudar.

Você olhou para ela de baixo para cima (viu um metro e meio de pernas) e sentiu ondas de insegurança que nem imaginava que pudessem existir. *Isso é um erro. Com certeza estou no lugar errado. Mããão!*

Mas sua mãe ainda estava presa na fila para entrar no estacionamento da escola, e todos os seus pertences estavam socados no porta-malas da minivan surrada dela. Não que houvesse alguma coisa que ela pudesse fazer, mesmo. A decisão de entrar para a Academia Kings tinha sido sua e somente sua. Agora você não poderia simplesmente correr atrás dos seus pais, vinte minutos depois de ter pisado no campus, só porque se sentiu intimidada.

Depois de respirar fundo, você perguntou para Annabel se ela tinha ideia de onde ficava a Pennyworth, e ela abriu um sorriso caloroso, revelando sua única falha aparente: os dentes da frente ligeiramente encavalados.

Ah, dá um tempo. O sorriso dela é *adoravelmente* tortinho e você sabe disso.

No fim, Annabel estava procurando pelo mesmo alojamento. Mais alguns minutos de procura e vocês acabaram encontrando a majestosa mansão neogeorgiana (hum, como você não viu?), em um canto da ampla área verde conhecida como pátio.

Só então você e Annabel descobriram que foram colocadas no mesmo apartamento, o 304. Colegas de quarto.

Após conseguir superar o complexo de inferioridade que alguém tão... bom, *perfeito* era a palavra certa... como Annabel era capaz de despertar, você percebeu como era sortuda. Annabel é uma daquelas amigas do tipo uma em um milhão. Não é para menos que Henry Dearborn ficou caidinho por ela assim que a viu.

Henry.

Bom... vamos retornar à festa da escola? Afinal esta é a Sonho de uma Noite de Inverno, a festa mais importante do ano, e é imprescindível que você esteja deslumbrante, de arrasar, e que não passe muito tempo pensando no Henry, o namorado da sua melhor amiga — uma mania que, na melhor das hipóteses, não leva a nada e, na pior, é autodestrutiva.

— Tem certeza que não se importa de me emprestar isso? — você pergunta para Annabel. Você veste a saia, fecha o zíper e dá um giro diante do espelho para ver de todos os ângulos. Você é obrigada a admitir que ficou muito bom. Muito melhor do que qualquer outra coisa que você tem no seu guarda-roupa.

— Não seja boba. Você *tem* que ir com ela.

É sempre a mesma resposta que você ouve todas as vezes em que Annabel mergulha no próprio guarda-roupa em busca de algo para você vestir. Ah, sim... adicione *supergenerosa* à lista de qualidades dela. Se você foi razoavelmente bem-aceita na Kings, agradeça a Annabel. Você se lembra do esquenta de boas-vindas, o primeiro acontecimento social de verdade do ano, e tem calafrios só de pensar na roupa que planejava usar: um suéter sem graça de uma loja de departamentos, jeans ligeiramente baggy da Gap e tênis de corrida. Cara, tênis de corrida! Foi Annabel quem diplomaticamente explicou que, apesar de a festa acontecer em um *estacionamento*, você provavelmente ia se sentir mais confortável com o jeans preto da Seven dela e a jaqueta de camurça italiana de caimento perfeito.

Às vezes você mal se reconhece. É loucura pensar que no ano passado você estava morando em Hope Falls com seus pais, se arrastando por dias a fio na escola de ensino médio local — que por sinal era rústica, minúscula e de poucos recursos — e lamentando consigo mesma o fato de que pelo jeito você estava pegando as manhas da álgebra mais rápido que a professora. Desde que se conhece por gente, você sempre esperou mais da vida — ou, pelo menos, da escola —, mais que seus colegas de classe, que aparentemente sempre se contentaram com a ideia de se amarrar em um casamento e continuar enterrados em Hope Falls, do mesmo jeito que seus pais.

Então, um dia, na biblioteca pública (a sua segunda casa), você leu por cima a biografia de um autor novato de romances que lhe agradou. Lá dizia que o escritor tinha se formado na Academia Kings — e, num impulso, você pesquisou a escola no Google. Após algumas buscas, tudo começou a mudar na sua vida. O site, com suas descrições empolgantes das aulas, das atividades extracurriculares e dos eventos no campus, parecia um portal para o paraíso. Quando percebeu, você já tinha baixado a ficha de inscrição e, depois de algumas semanas, a enviou pelo correio. Você até deu um jeito de fazer o teste obrigatório, e mentiu para seus pais, dizendo que queria passar um dia sozinha em Providence. A total confiança deles fez com que você se sentisse mal por sua desonestidade, mas mesmo assim você não desistiu desse sonho inesperado, porém muito forte. Você precisava tentar.

Durante semanas você esperou pela carta. Quando o envelope branco com o emblema da Kings impresso na frente finalmente chegou, você se apoderou da carta como um cão selvagem, arrancando-a de dentro do envelope, percorrendo-a com os olhos fervilhantes, sem conseguir ler direito — até encontrar a palavra "Parabéns". Parabéns! Estava lá — de longe, aquele foi o melhor momento da sua vida. Mas então, é claro, você entrou em pânico, pois não sabia como contar para os seus pais. Será que eles iam achar que você, de certo modo, estava os rejeitando, ao abandonar a cidade natal que nenhum dos dois jamais teve coragem de deixar? Será que eles iam permitir que você partisse?

Eles quase explodiram de orgulho.

No dia seguinte, seu pai contou alegremente que já tinha acertado todos os detalhes da sua bolsa de estudos com o diretor financeiro da Kings. Um dia depois, sua mãe chegou em casa do trabalho no mercadinho com camisetas da ACADEMIA KINGS para os três, um adesivo para colar no para-choque do carro e uma nova coleção de canecas. Ela perguntou para a gerente se podia tirar a manhã de folga e dirigiu por quase duas horas até a loja do campus. Nem ela nem seu pai derramaram uma lágrima sequer quando deixaram você lá. Orgulho, empolgação, surpresa pela oportunidade que você tinha conseguido conquistar — essas emoções dominaram o sentimento de perda que provavelmente eles devem ter sentido ao deixar a única filha, de catorze anos, em um colégio interno. Eles deram uma força e tanto.

— Agora os sapatos — diz a Annabel, interrompendo seus pensamentos. — Acho que precisamos ser práticas. O que eu quero dizer é que vamos andar no meio do mato hoje à noite. Que tal estes? — E ergueu um par de botas pretas de cano alto, feitas do mais luxuoso couro. — Acho que vão ficar perfeitas!

Não há limites para a generosidade dela. Às vezes, você mesma precisa impor esses limites.

— Obrigada, Annabel, mas vou usar as minhas. Eu me sentiria péssima se detonasse as suas.

É um pouco estranho ter uma personal stylist como companheira de quarto. Ao longo dos últimos meses, vez ou outra você entrou numas de que só Annabel entende que você é uma bolsista que veio de uma cidadezinha onde o posto de gasolina é o único local que a moçada tem para se encontrar na sexta-feira à noite. Seus outros amigos parecem ter a impressão de que você é um deles: que também nasceu em um mundo de riqueza e privilégio. Por qualquer motivo — chame isso de orgulho — você deixou por isso mesmo.

De repente a porta se abre. Spider Harris e Libby Monroe, que também são suas companheiras de apartamento, invadem o quarto espaçoso com copos roubados do refeitório e uma garrafa empoeirada de tequila Patrón.

— Um esquenta antes da festa! — anuncia a Spider, montando o bar sobre a escrivaninha de mogno da Annabel.

— Vocês estão lindas! — fala Libby num arroubo, soltando os lindos cabelos louros do rabo de cavalo, que caem em cascata sobre os ombros. O cabelo dela é digno de um comercial de xampu. Ela se aproxima do iPod da Annabel e começa a fuçar até encontrar algo da Rihanna.

— Você pode colocar meu trabalho de história mais para lá, Spider? — protesta Annabel. — Não acho que vai ajudar muito na minha nota se ele estiver cheirando a férias de verão em Cancun.

Libby ri. Ela veste uma roupa estilo colegial, que é a cara dela: suéter de cashmere rosa justinho, que realça o corpo esguio, uma saia de veludo cotelê em camadas e botas de montaria.

— Como se o Worth fosse te dar algo menos que um A — diz ela.

— Engraçadinha — responde Annabel.

Martin Worth: professor de história americana de vinte e nove anos que conta com um séquito de alunos (de ambos os sexos) que pensam que o cara pode caminhar sobre as águas. Sim, Worth é a cara do Taylor Lautner daqui a uma década e, sim, é um professor envolvente e instigante — mas você se tornou imune ao charme dele quando Annabel lhe confidenciou que Worth disse que "não conseguia parar de pensar nela" quando ela perguntou sobre as provas bimestrais. Nojento. Ela deu um fora nele, claro, mas dizem que Worth pega uma aluna nova por ano.

— Ouvi dizer que ele está ficando com a Oona — solta Spider.

Goleira e estrela do time de futebol do colégio, Spider tem orgulho do apelido medonho que lhe deram. Ela é fofa, ousada, engraçada e muito leal — é uma das suas amigas mais queridas. (Por ser uma atleta requisitada, Spider ganhou uma bolsa de estudos que cobre uma boa parcela da mensalidade. Ela só precisa tirar notas altas.) Você foi com a cara dela desde que ela invadiu o apartamento 304 logo atrás de você e da Annabel e largou as mochilas, lotadas de equipamentos esportivos e somente algumas roupas do dia a dia, bem no meio da sala. Spider é totalmente moleca e parece que nem percebe que existem meninos — e alguns muito gatos — na Kings. Você e Annabel já conversaram em segredo sobre seu palpite de que a Spider gosta mais de meninas, mas ainda não está pronta para sair do armário. Quem sabe?

— Quem será que vai estar lá hoje à noite? — Libby pergunta, pegando a primeira dose que Spider prepara e engolindo de uma só vez. Ela torce o nariz sardento e coloca a língua para fora, como se aquilo fosse um remédio que ela foi forçada a tomar.

— Finalmente uma festa. Não parece que a última aconteceu há uma eternidade?

— Faz só algumas semanas, Lib. — Impossível não rir. Libby definitivamente é a mais sociável do grupo, uma característica que ela herdou dos pais, que dividem o tempo entre o circuito social de Manhattan e Palm Beach. Foi ela quem ficou sabendo primeiro sobre a festa desta noite. Veio direto do laboratório de biologia para casa, com um mapa da floresta à beira do lago, desenhado à mão com uma caneta roxa, mostrando exatamente como chegar ao local onde os alunos do último ano montariam a fogueira. — Claro, para você isso deve ser uma eternidade mesmo.

— O Henry vai, né, Annie? — pergunta Libby.

É estranho, mas você fica louca da vida quando ela chama Annabel assim. *Annie*. Talvez isso lembre a você que Annabel e Libby se conhecem há um tempão, ou que no mínimo as famílias das duas já se conheciam. Você teve sorte de entrar na Kings, sorte dupla por ter conseguido aquela bolsa de estudos, enquanto Annabel e Libby vêm de uma longa linhagem na escola e já era esperado que fossem aceitas. Assim como é esperado que vão se formar, não importa quantas regras tenham burlado ou quebrado. Você dá uma olhada para a tequila. O diretor Fredericks tem um critério distinto para os alunos cujas famílias podem doar prédios ou campos de beisebol. Provavelmente também tem um critério distinto para goleiras que podem derrotar o time da Exeter pelos próximos quatro anos. Mas, se *você* for pega, está fora. Sem rodeios. Nas palavras imortais da Beyoncé, nunca pense que você é insubstituível.

— O Henry vai — Annabel responde para Libby.

Você tenta ignorar o fato de que seu coração disparou quando ela disse isso. Henry Dearborn pertence a uma esfera diferente de qualquer outro cara que você já conheceu. O primeiro da lista para ocupar o cargo de editor-chefe do The Griffin, ele recentemente foi escalado para editar os artigos que você escreve para o premiado jornal da escola. Entre a sala de imprensa e o seu alojamento, se tornou impossível evitar aqueles olhos cinza penetrantes, aquele sorriso sexy, aqueles cachos indomáveis... E, mesmo quando ele não está lá, é uma luta mantê-lo longe dos seus pensamentos. Outro dia, você o viu andando pelo pátio, livro enfiado embaixo do braço, um ar de superioridade na dose certa — e foi como se alguém estivesse assobiando uma música romântica melosa e o mundo se movesse em câmera lenta.

Sim. Isso é péssimo. Você entrou no território da paixão com o único cara que definitivamente *não* deveria olhar desse jeito.

— E a Oona? Vocês acham que ela vai? — pergunta Spider. Está na cara que ela está rezando para que a resposta seja não. Até onde você sabe, Oona de Campos é uma manipuladora calculista que adora praticar bullying, mas Spider a odeia mais que todos. Você perguntou para ela o que aconteceu, mas sua amiga não abriu o bico sobre os detalhes. Com certeza tem uma história por trás disso.

— Ela vai — diz Libby, ocupada com o fecho da bolsinha clutch. Todas vocês tentam ignorar o fato de que Libby vai na onda da Oona. Essa é a Libby. Oona é a abelha-rainha da vez na Kings, e Libby gosta de seguir quem está por cima. Oona frequenta clubes noturnos em Boston nos fins de semana e pega carona de volta para o campus com caras mais velhos em Porsches. No fim de semana dos pais, dizem que o pai dela trouxe ecstasy para a filha. A mãe circula pela Europa e casou novamente — com o irmão mais novo do pai da Oona. E isso é só o começo. Quase não dá para culpar a garota por ser tão horrenda.

De repente, Libby dá um tapa na própria testa.

— Quase esqueci! A maldição da Sonho de uma Noite de Inverno! — Ela sai correndo do quarto.

— O *quê*? — você pergunta. Spider e Annabel nem dão bola para o rompante da Libby. Pelo jeito, você é a única que não faz a menor ideia do que se trata.

— É uma antiga lenda do campus — explica Annabel.

— As calouras que vão à Sonho de uma Noite de Inverno precisam fazer um sacrifício — diz Spider, tomando outra dose de Patrón e fazendo uma careta. — Uma veterana que está no time me disse por quê, mas eu não lembro.

— O sacrifício é para dar sorte no amor — diz Annabel. — Provavelmente não passa de bobagem, mas sei lá.

— Não é bobagem — diz Libby, entrando no quarto com os olhos azuis da cor do céu arregalados, como ficam quando ela está muito séria. (Os últimos tópicos que valeram olhos arregalados foram: o poder de atração de Billy Grover; as maravilhas do Gilt.com; o espanto por você ter se submetido a um corte de cabelo por quinze dólares em um salãozinho da cidade.) Ela está segurando quatro retalhos de seda cor de marfim e uma tesoura pontuda.

— Por que os *meninos* não precisam derramar sangue em nome do amor? — Spider resmunga.

— Boa pergunta — você diz em seguida.

— Pode parar. Vocês acham que vai ter algum cara do primeiro ano por lá? Eles estão na base da cadeia alimentar, com certeza não são convidados para a Sonho de uma Noite de Inverno.

Sem aviso, Libby espeta a palma da mão com a tesoura. Na hora você tampa os olhos com as duas mãos. Você seria a pior vampira do mundo. No passado, o simples sinal de sangue já fez você vomitar, desmaiar ou os dois (como em uma ocasião específica, envolvendo você, seu primo William e uma péssima posição em um daqueles tapetes de escorregar com água).

— Certo, Annie, agora é a sua vez — você ouve Libby dizer. Em seguida é a vez da Spider. Você se senta na beirada da cama, ainda tampando os olhos com as mãos. *São apenas algumas gotas de sangue*, você pensa. Não tem nada que você curtiria mais do que arrumar um namorado legal. Mas será que a maldição do amor da Libby é mesmo verdadeira...? Será que vale o derramamento de sangue?

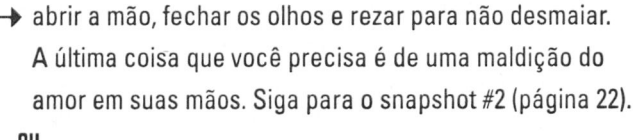

Você está a fim de...

→ abrir a mão, fechar os olhos e rezar para não desmaiar. A última coisa que você precisa é de uma maldição do amor em suas mãos. Siga para o snapshot #2 (página 22).

OU

→ apesar dos protestos da Libby, dizer que prefere não participar. Chegar machucada a uma festa não é uma boa maneira de começar. A maldição não deve ser de verdade mesmo. Siga para o snapshot #3 (página 26).

SNAPSHOT! #2

Sábado, 15 de fevereiro, 21h04
Casa Pennyworth

O cheiro de porco mu shu paira no ar. Você abre os olhos devagar e percebe que está em um quarto meio escuro, esticada na cama de baixo do beliche, a da Annabel, com o cobertor de lã dela jogado sobre o corpo. Você fecha a mão esquerda e toca com a ponta dos dedos a palma dolorida e coberta com um band-aid. A maldição idiota da Libby. Você ficou por último, com medo do momento em que ela ia furar a sua mão com a tesoura pontuda. Por um bom motivo. A) Isso dói muito, e B) uma fração de segundo depois que ela espetou, você sentiu as pernas fraquejando. Você ainda fica tonta só de lembrar daquele sangue brotando na palma da sua mão.

— Você desmaiou, querida — diz Annabel carinhosamente. Sentada na poltrona do canto com o telefone entre o rosto e o ombro, ela mergulha os hashis dentro de uma caixinha branca de papelão de comida chinesa. — Ela acabou de acordar, Caroline. Acho melhor eu desligar. Desculpa por ter feito você se atrasar para o jantar. — Ela se cala enquanto a irmã mais velha, que está no segundo ano em Harvard, se despede. — Eu também te amo.

Annabel se aproxima e senta na beirada da cama.

— Você estava meio desorientada quando voltou a si, por isso deixamos você dormir um pouco. Liguei para os seus pais, e eles disseram que bastava um pouco de repouso e que isso sempre acontece quando você vê sangue. Como você está se sentindo?

Na verdade, nada bem. Sua cabeça lateja, e você está um pouco trêmula.

— Quer gelo? — Ela estende um saco cheio de gelo envolto em uma toalha, e você o pressiona cuidadosamente na nuca. — A enfermeira disse que isso pode ajudar.

Ajuda mesmo. Graças a Deus que você tem a Annabel para cuidar de você. Ela é realmente uma amiga incrível.

— A Libby e a Spider foram para a festa? Sinto muito por ter te deixado de castigo, Annabel. Estou bem, sério, se você quiser ir...

A sua melhor amiga balança a cabeça.

— De jeito nenhum. Você me assustou. Enviei uma mensagem para o Henry, logo depois de ter feito o nosso pedido de sempre no delivery do Chow Fun. Vamos ficar aqui, consumir uma grande quantidade de glutamato de sódio e assistir à nossa série preferida, *Friday Night Lights*. — Ela bate palmas, no gesto universal de "não discuta comigo".

Você se senta na cama, louca para se ver livre da tontura.

— Não posso deixar que você e o Henry percam a festa só porque eu inventei de desmaiar! — O pensamento não dito fervilha: a ideia de dividir o sofá com o casal feliz soa tão constrangedora que você preferiria desmaiar outra vez. Onde foi parar aquela tesoura?

— O Henry não liga. Ele se ofereceu para vir na hora. — Annabel sorri, mas tem algo no fundo dos olhos dela que você capta no mesmo instante. — Eu também não ligo. Para dizer a verdade, eu não estava mesmo a fim de ir. O Henry e eu tivemos uma conversa estranha na noite passada. Acho que precisamos de uma noite em casa.

— O que você quer dizer com conversa estranha?

— Bom, ele meio que deixou escapar que queria ficar com outras pessoas — Annabel diz de um jeito casual, puxando fios do encosto da poltrona. — Mas não acho que ele estava falando sério. Eu estava perguntando sobre os planos dele... sobre os *nossos* planos para a semana do saco cheio. Ele voltou atrás logo depois de dizer aquilo.

Você tenta impedir que seu rosto revele a surpresa. O namoro dos dois sempre pareceu tão feliz, é difícil imaginar que Henry pudesse ter uma pontinha de dúvida sequer.

— Vocês deviam ficar sozinhos então — você diz para ela.

— Não é preciso. Estamos bem, juro. Foi uma bobagem. — Annabel se levanta e caminha até a penteadeira, onde escova os cabelos escuros, que por sinal ficam muito sensuais sobre a camisa de seda de oncinha. Ela pega uma folha de papel branco dobrado ao meio que está sobre a penteadeira e a entrega a você.
— Aliás, o Walter deve ter passado por aqui, mas acho que, com toda a confusão do seu desmaio, ninguém escutou quando ele bateu na porta. Ele deixou isso.

M—
Passei aqui às oito para te apresentar a minha prima, que chegou de surpresa para passar a noite. Estamos indo para a lanchonete Glory Days. Se estiver a fim, apareça.

Seu,
Walter

Não é nenhuma surpresa saber que Walter Mathieson não vai à festa. Ele é aluno do primeiro ano e, para completar, é nerd. Você provavelmente também não teria sido convidada — só foi porque simplesmente teve a sorte de morar com três garotas que são convidadas para todos os eventos. Mas o Walter deve ser o único garoto da escola que nem *ouviu* falar da Sonho de uma Noite de Inverno. Você e ele fazem parte do Conselho Estudantil, onde se conheceram, e acabaram ficando amigos quando foram convidados para participar do comitê antidrogas. Vocês passaram o ano pensando em como conscientizar todos os alunos sobre os perigos do consumo de drogas, e o diretor Fredericks elogiou pessoalmente o trabalho de vocês. Apesar de ambos possuírem o mesmo entusiasmo pela missão, Walter costuma verbalizar mais sobre o assunto. Sinceramente, isso costuma afastar um pouco o pessoal mais popular. Apesar de ele ser um dos seus amigos mais chegados, e uma das poucas pessoas com quem realmente pode ser você mesma, Walter definitivamente está de fora da vida social da Kings — um fato que parece incomodar mais a você do que a ele.

— Por que você não convida o Walter para vir para cá? — a Annabel pergunta, jogando-se aos pés da cama. — Tem um montão de comida.

Você está a fim de...

→ convencer a Annabel de que você está bem para ir à festa. Não se fala de outra coisa há semanas, e vocês não podem perder esse evento de jeito nenhum. Siga para o snapshot #4 (página 29).

OU

→ convencer a Annabel a deixar você em casa e ir para a festa com o Henry. Você vai passar a noite com o Walter e a prima dele. E daí se essa não era a grande noite que você tinha planejado? Siga para o snapshot #5 (página 36).

SNAPSHOT! #3

Sábado, 15 de fevereiro, 20h21
Casa Pennyworth

— Não venha chorar no meu ombro quando estiver triste e sem amor — provoca a Libby em tom de brincadeira, apesar de você saber que no fundo ela está falando sério. Ela enfia três quadrados de seda, que agora estão manchados de sangue e parecem três bandeirinhas do Japão, no bolso da saia. — Bastam algumas gotas de sangue para uma vida inteira de amor. Você tem certeza?

— Você leva isso muito a sério, Lib — diz Annabel.

— Tenho certeza — você responde, com toda segurança.

Alguém bate à porta, um *toc-toc-toc* conhecido, e Libby arregala os olhos, assustada.

— Não me diz que você convidou o Walter — ela sussurra.

Walter Mathieson pode até não ser o cara mais descolado, mas é um amigo extremamente fiel e você adora sair com ele. Você pode ser você mesma quando está com Walter, pode fazer todas as patetices, e ele jamais vai julgá-la. Claro, às vezes você gostaria que ele se esforçasse um pouco para se enturmar. Para começar, ele usa sempre a mesma roupa — o estilo "Walniforme", como você apelidou —, todos os dias. Suéter marrom com listras cinza. Calça chino velhinha. All Star Converse branco. Você é a única que sabe que o Walter tem cinco pares desse traje no guarda-roupa. Os demais, naturalmente, pensam que ele tem problemas de higiene. Você tentou explicar com jeitinho, mas o Walter simplesmente diz que odeia perder tempo escolhendo roupa e assim fica mais fácil. Ele carrega uma mochila de lona pequena para todo lado, igual ao Linus com o cobertorzinho. Dentro, leva tudo que precisa: um pequeno jogo de xadrez, um livro de filosofia (no momento ele está obcecado por Sartre), um diário com capa de couro, chicletes sabor uva e um pente dentro de um porta-pente. Sim... um porta-pente. Além de ser muita nerdice, o pente é irônico, uma vez que a juba do Walter é uma confusão de cachos indomados.

Toc-toc-toc.

— Quem sabe não é a Tommy ou a Lila — sussurra Spider. Tommy é o diminutivo de Thomasina, mas chame-a disso e ela desossa você. Tommy e Lila são chamadas de companheiras de quarto honorárias, pois passam mais tempo na sala do apartamento de vocês que no quarto delas. As duas são do sul e não saem de casa antes de enrolar os cabelos com babyliss. É engraçado — apesar de todo o tempo que você passa com elas, ainda tem a impressão de que não as conhece muito bem.

— A Tommy vai com as amigas do lacrosse. A Lila pegou gastroenterite ou algo assim — informa Libby. Claro, ela sempre sabe o que todo mundo vai fazer. — Pode crer, é o Walter.

Ela provavelmente está certa. Walter deve ter ouvido alguém falar sobre a festa e espera aparecer por lá com você, só para dar uma olhadinha. Às vezes ele tem um interesse antropológico no comportamento social dos seus pares.

— Se finja de morta — sugere Libby. Você olha para Spider e Annabel, mas as duas desviam o olhar. Obviamente elas também preferem continuar com o esquenta só entre vocês quatro. Elas sempre são legais com o Walter, mas isso não significa que queiram beber com ele num sábado à noite.

Você está a fim de...

→ dizer para a Libby sair da frente, atender a porta e convidar o Walter para se juntar ao grupo.
Siga para o snapshot #6 (página 41).

OU

→ ficar quietinha até o Walter ir embora. Provavelmente ele não ia se divertir mesmo. Siga para o snapshot #7 (página 44).

SNAPSHOT! #4

Sábado, 15 de fevereiro, 21h28
Festa na floresta

— Sério, tem certeza que você está se sentindo bem? — pergunta Henry novamente enquanto vocês três se embrenham floresta adentro, rumo à festa. Ele está mais lindo do que nunca esta noite, com uma calça Levi's desbotada e um suéter de lã estilo irlandês. Gentilmente, ele ilumina o caminho com a lanterna para que você e a Annabel possam ver onde pisam. Você esmaga folhas de pinheiro enquanto caminha, soltando o delicioso perfume no ar.

Tirando o fato de o Henry ter dado o beijinho no rosto da Annabel, e não nos lábios, quando chegou, aparentemente não havia nenhum clima estranho entre eles — nenhum sinal visível de confusão no paraíso. A Annabel deve estar certa. O comentário do Henry sobre "ficar com outras pessoas" não passou de bobagem. Sem dúvida eles serão felizes para sempre. O que é bom para a sua melhor amiga, por isso anime-se.

— Certeza absoluta — você responde. — Podem parar de se preocupar comigo. — E sorri agradecida. Pelo menos você tem a sorte de tê-los como amigos. Eles estavam dispostos a desistir da grande festa do ano só para se certificar de que você estava bem. Agora, se você pudesse colocar isso na cabeça e parar de tentar imaginar como seria beijar o Henry, sentir as mãos dele sobre os seus quadris, puxando você para mais perto...

— Uau! — Annabel aperta a sua mão quando vocês chegam à clareira. A vista é tão espetacular que você fica sem fôlego. A fogueira é enorme e imediatamente envolve vocês com um calor delicioso. Os alunos do último ano penduraram várias lanterninhas brancas nos galhos das árvores ao redor, que derramam uma luz dançante sobre todos, fazendo com que o bando de adolescentes riquinhos bebendo cerveja em copos de plástico pareça um grupo de ninfas e seres encantados da floresta, participando de um bacanal. É muito lindo. Você não resiste à tentação de imaginar que há uma magia no ar esta noite. E que qualquer coisa pode acontecer se você deixar rolar.

Do outro lado, Libby avista vocês e vem correndo. Você reconhece o rubor nas bochechas dela e espera que desta vez ela pegue um pouco mais leve com a bebida.

— Está se sentindo melhor? — ela pergunta para você, mas não espera pela resposta. — Já joguei o nosso sacrifício na fogueira. Não se preocupe, querida, consegui pegar um pouco do seu sangue antes que você caísse no chão. Estamos livres da maldição.

Você finge enxugar a testa de alívio, mas Libby já está olhando para outra direção. Como sempre, ela muda o foco para Annabel, o ídolo dela. A Libby deve ficar furiosa pelo fato de a Annabel ser mais legal com você do que com ela.

Enquanto as duas conversam, você chega por trás da Spider, que está na fila do barril de cerveja, e dá um tapa na bunda dela, fazendo com que ela pule um quilômetro.

— Cara! — Ela sorri quando vê que é você. Ela é a única garota na festa que veio vestida de acordo com o clima gelado de fevereiro: moletom de capuz grosso e calça impermeável. — Como você está? Desculpa por ter te abandonado, mas, você sabe, a Libby tinha que vir — ela revira os olhos — e pareceu perigoso deixar ela andando sozinha pela floresta.

Spider cresceu em uma fazenda de cavalos no Kentucky e ama provocar Libby por causa da total falta de "senso inato de sobrevivência" desta. Libby provoca Spider de volta por conta do esterco que ela não tem embaixo das unhas e pelo fato de a amiga chamar calça jeans de "calça rancheira". Apesar de todas as diferenças, as duas parecem terem forjado um laço totalmente inesperado. Isso leva você a crer que existe algo mais na Libby do que dizem seus olhos.

Enquanto vocês chegam um pouco mais perto da tiradora oficial de cerveja — uma menina briguenta do último ano que você reconhece das reuniões da escola —, você sente a presença de Crosby Wells, logo atrás na fila. Você dá uma cotovelada na Spider, que está ocupada imitando a Libby durante a caminhada pela floresta, mas rapidamente saca tudo. Crosby Wells é aluno do último ano e faz o tipo guitarrista sexy largadão, cabelo comprido e cantor nas horas vagas. Ele não é para qualquer uma, mas ele mexe com você. Você nunca teve oportunidade (leia: nunca teve coragem) de falar com ele. A Spider, é claro, sabe disso.

Ela dá meia-volta.

— A sua banda vai tocar hoje?

Você sente o sangue subindo para as bochechas. Deixe a Spider cuidar disso. Não há razão para sutilezas, mas também não tem nada de errado com um pouco de timidez.

— Ah, não — Crosby responde, enfiando uma mecha de cabelos castanho-escuros atrás da orelha. — Nosso baterista está com dor de estômago. — A pele dele é de um bronzeado dourado perfeito, o que significa que provavelmente acabou de voltar de algum lugar paradisíaco — um fim de semana prolongado em Turcas e Caicos, ou férias de inverno em Careyes. (Os últimos seis meses foram uma aula sobre o jet set. Você pode até falar sobre as condições das pistas de esqui de Vail e Telluride, apesar de, na verdade, nunca ter esquiado.)

— Você já ouviu a banda do Crosby? Eles são demais — a Spider pergunta, dando um jeito de te incluir na conversa. A menina é profissa.

Você se esforça para agir naturalmente e parecer confiante, ou, pelo menos, conseguir juntar algumas palavras.

— Acho que fiquei em casa quando vocês foram. Que instrumento você toca? — Você sabe muito bem a resposta, é claro. Quem nunca viu Crosby dedilhando o violão pela escola?

— Um pouco de tudo e muita guitarra — diz ele, parecendo notar você pela primeira vez. No instante em que ele sorri, você se sente mais relaxada.

— Não jogue fora o copo! — berra a tiradora de cerveja enquanto lhe entrega a bebida com colarinho.

Crosby estende o copo em seguida.

— Se estiver interessada, a minha banda vai tocar no Spigot no próximo fim de semana. Acho que todo o pessoal da Kings vai estar lá. — Vocês estão sozinhos agora; a Spider saiu de fininho e foi conversar com uns jogadores de futebol que estavam mais atrás na fila.

— Eu adoraria. Só não sei se consigo entrar.

— Não tem RG?

— Não.

Crosby contrai as sobrancelhas.

— Isso é fácil de arrumar. Vou falar com a minha prima. Ela parece um pouco com você. — Ele faz uma pausa para tomar um gole da cerveja gelada. — Ela é, hum, modelo em Paris. — Ele deixa escapar isso com tanta naturalidade que por um segundo você pensa que ouviu errado. *Excusez-moi?* Por acaso o Crosby acabou de insinuar que você se parece com uma *modelo parisiense?* E ainda por cima se ofereceu para arrumar uma carteira de identidade falsa para você?

Quando você percebe, o Crosby está te guiando em meio às luzes tremeluzentes na direção de um tronco de árvore caído, onde está reunido o pessoal com quem ele anda — uma turminha metida a artista que usa dreadlocks e vários piercings; "rebeldes" que parecem se rebelar todos da mesma forma.

— Nico, você não acha que ela passa com o RG da Colette? — ele pergunta para um sujeito que está enrolando um cigarro. Nico te olha de cima a baixo por um segundo e encolhe os ombros.

— O Nico toca baixo na Caubói Cósmico — Crosby conta para você.

— Caubói Cósmico?

— É o nome da nossa banda.

— Ah. Legal. — Caubói Cósmico? Bom, deve ser difícil arrumar nome para uma banda. E muitas das grandes bandas têm nomes que soam muito nada a ver antes de você ouvir a música deles. Wedding Present? Maroon 5? Red Hot Chili Peppers? The Beatles? Caubói Cósmico não é muito pior.

Enquanto Crosby lhe conta sobre a banda preferida dele, você quebra a cabeça pensando em coisas legais para impressioná-lo se chegar a sua vez de falar. Você ama música quase tanto quanto adora livros — e mesmo assim é uma luta responder a perguntas como "Se você pudesse escolher três álbuns para levar para uma ilha deserta, quais seriam?" ou "Quem é o seu escritor preferido?".

Por sorte, ele não faz essas perguntas — nem nenhuma outra. Em vez disso, Crosby pega a sua mão. Você sente os calos nos dedos dele. Isso é extremamente sexy, apesar de você estar um pouco assustada com a rapidez com que ele está chegando em você. Talvez sua sorte com os meninos tenha mudado. Em todos os sentidos, a noite parece estar se desenrolando de um jeito inesperado e decididamente emocionante.

Enquanto vocês se sentam no tronco, seus corpos se aproximam, você olha para a luz fraca da fogueira — e então ergue os olhos e vê o Henry parado a um metro e meio de distância. Ele não diz nada, apenas encara você e o Crosby.

— Oi, Henry. Hum, você conhece o Crosby? — você pergunta, mas ele não responde. Uau. Que clima estranho é esse de confronto? E por que a pose do Henry sugere que ele está prestes a dar uma mordida estilo Tyson na orelha do Crosby?

— Já nos conhecemos — ele responde de modo tenso, olhando somente para você. — Como você está se sentindo? Não acho que seja uma boa ideia beber. — Ele dá uma olhada na direção do Crosby. — Ela desmaiou mais cedo.

Por que o Henry está agindo como se fosse um irmão mais velho, um superprotetor maluco? Seus olhos buscam por Annabel, que talvez possa explicar. Você a vê parada, não muito distante do Henry, assistindo à cena de olhos arregalados. De repente, Annabel se aproxima do namorado. Quando chega perto, ela pousa a mão sobre o ombro de Henry, ignorando você e o Crosby, e sussurra algo no ouvido dele.

Henry balança a cabeça para o que quer que ela tenha dito e parece ainda mais irritado. Ele e Annabel se afastam, mas você ainda consegue ouvir o que eles estão dizendo.

— Só não quero que aproveitem da sua amiga — ele diz para ela.

Henry está tentando proteger você do Crosby? Por quê?

Annabel dá uma olhada para ele antes de virar e correr na direção da floresta, desaparecendo pelo mesmo caminho por onde vocês vieram há pouco.

Você está a fim de...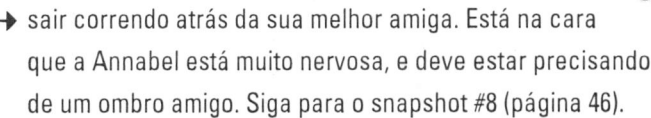

→ sair correndo atrás da sua melhor amiga. Está na cara que a Annabel está muito nervosa, e deve estar precisando de um ombro amigo. Siga para o snapshot #8 (página 46).

OU

→ deixar que o Henry vá atrás dela. Eles parecem estar no meio de uma discussão, e é melhor que resolvam tudo sozinhos. Além do mais, você prefere ver o que vai rolar com o Crosby. Siga para o snapshot #9 (página 51).

SNAPSHOT! #5

Sábado, 15 de fevereiro, 21h15
Lanchonete Glory Days

Sabe aquele momento, no fim de um dia superlongo, quando você liberta seus pés doloridos das botas e tira o jeans skinny (aquele que está um pouco apertado na cintura, mas você insiste em continuar usando), abre o sutiã, arranca o suéter que está pinicando e enfia aquele pijama azul cheio de bolinhas que está no fundo da gaveta? O Walter é a personificação humana desse momento.

A Glory Days está praticamente vazia esta noite, tirando alguns moradores locais que estão sentados no balcão. Assim que você abre a porta, avista o Walter no sofá que vocês costumam sentar, conversando animadamente entre um gole e outro de Cherry Coke (a bebida preferida dele), e na hora fica feliz por ter resolvido ir se encontrar com ele. Dizem que o sinal de que se está diante de um amigo de verdade é quando você simplesmente se sente mais feliz na presença dele ou dela, e esse é o caso com o Walter. Você pode falar sobre qualquer coisa com ele — o significado de um poema de e. e. cummings, o melhor restaurante de beira de estrada entre a escola e Boston (um debate que ainda está em andamento) e até assuntos familiares íntimos que você não se sentiria confortável em compartilhar nem com Annabel. Vocês se conheceram quando foram eleitos representantes de classe para o Conselho Estudantil — o que não é exatamente uma função muito disputada, uma vez que vocês foram os únicos alunos do primeiro ano que se candidataram — e acabaram ficando amigos quando entraram para o comitê antidrogas.

— Você veio! — ele sorri, lhe dando um abraço apertado assim que você desliza pelo sofá vermelho para se sentar ao lado dele. Como sempre, ele está vestindo o "Walniforme": suéter marrom e cinza, calça chino velha e a mochila de lona que ele nunca sai de casa sem. Annabel uma vez definiu direitinho quando disse que Walter se veste do jeito que o pai dela se vestiria se deixado por conta própria. — Essa é a minha prima Helen.

Você olha do outro lado da mesa, já com a mão estendida, e então parece que o mundo parou de girar de repente.

Helen?

Helen, a prima que caçava rãs com Walter durante as férias de verão em Maine? Helen, a prima que ajudou Walter a montar o primeiro foguete miniatura? Sua cabeça gira. Porque Helen não é Helen. Helen é... HUNTER MATHIESON. *A* Hunter Mathieson. Como você não percebeu antes que a prima do Walter era uma megastar? Aquela que está estrelando a nova comédia romântica do Ashton Kutcher. Aquela que dizem ter sido o pivô da separação do Justin Timberlake e da Jessica Biel. Aquela que foi criticada por causa da capa da *Vanity Fair* (que, por sinal, você achou um trabalho de muito bom gosto e artístico, mesmo antes de saber que ela era prima do Walter). Enquanto isso, os segundos vão se passando. Volte para a Terra! Não fique aí parada com essa cara de tonta — diga alguma coisa! Mas você não consegue juntar as palavras. É difícil falar quando seu queixo caiu até o chão.

— Eu meio que esqueço que agora você é famosa — você ouve Walter rindo.

— Estou tão feliz de te conhecer — Hunter diz, estendendo a mão por cima da mesa. Ela fala baixinho, como se estivesse com receio de chamar atenção, mas a voz é igualzinha à dos filmes: quente, melodiosa, com o mesmo tom anasalado e inconfundível do Meio-Oeste que o Walter tem.

Observando melhor, agora você consegue ver algumas semelhanças entre os dois. Pela primeira vez, percebe como o queixo do Walter é perfeitamente anguloso... e que ele também tem aqueles mesmos olhos azul-bebê. Você a observa enquanto ela despeja adoçante no café. Isso é loucura. Essa é a segunda experiência extrassensorial que você tem em uma noite.

— O Walter falou muito sobre você, mas ele não disse que você era tão bonita — Hunter diz de modo encantador. O pobre Walter fica uns cinco tons mais vermelho.

A vergonha dele ajuda você a sair de seu estado letárgico. Você consegue se recuperar um pouco e pergunta para Hunter se ela só vai passar a noite na cidade ou se pretende ficar por mais alguns dias.

Ela mexe em um dos cinco diamantes no lóbulo da orelha esquerda; a direita não tem nada.

— Era para eu estar em Nova York para um lance de première, mas resolvi matar o compromisso e pedi para o piloto descer aqui. Meu empresário vai ficar furioso, mas não estou nem aí. Eu precisava ver o Walter e ficar com ele, nem que fosse por um segundo. Minha vida de repente ficou muito programada. — Ela fala rapidamente, como se tivesse tomado quatro xícaras de café de uma só vez. Você percebe que um pedacinho do espinafre da salada que ela comeu ficou preso no dente. Ela é apenas uma pessoa normal, apesar de ter um avião particular e "lances de première" em Nova York para ir. Seus batimentos cardíacos lentamente voltam ao normal.

Walter balança a cabeça, frustrado.

— Você sempre foi tão independente. Acho que você precisa recuperar um pouco do controle da sua vida.

— É mais fácil falar do que fazer. — Hunter pega uma batata frita gordurosa do prato dele, a analisa cuidadosamente de todos os ângulos e encaixa a ponta entre os lábios rosados. Dá uma mordida e coloca o restante no prato. — Mas eu não devia ficar reclamando. É legal poder estar aqui e ter um minuto só meu. — Mal as palavras saem de sua boca, o celular começa a vibrar sobre a mesa forrada de linóleo com pintinhas douradas. Ela dá uma olhada na tela e faz uma careta. — O que foi que eu acabei de falar? É o meu empresário.

— Quer que eu atenda para você? — Walter se oferece. — E diga que você não pode falar?

Hunter sorri carinhosamente para ele.

— Obrigada, mas não. Estou sendo infantil. — Ela pega o telefone e na hora você escuta um homem berrando através dos buraquinhos. Ao seu lado, Walter enrijece, assumindo uma postura protetora com relação à prima. — Jake, desculpa. Eu sei. Desculpa. Eu sei — diz ela baixinho, escorregando de lado no sofá enquanto leva uma surra verbal do empresário. Ela parece tão pequena e acuada que você também sente vontade de defendê-la. — Não vou conseguir chegar em Nova York hoje. Estou com uns amigos agora. — Walter faz sinal de positivo, em apoio. — O Scorsese vai estar lá? Eu não sabia disso. — O empresário berra mais um pouco. — Eu não sabia — ela interpõe. Mais gritos. — Dois. Talvez. Vou perguntar. Ligo de volta em três segundos. — Ela desliga o telefone e o coloca sobre a mesa. Você fica surpresa ao ver que o aparelho não está soltando fumaça. Aquele cara tem sérios problemas de controle de agressividade.

— Muito bem, pessoal. — Do outro lado da mesa, Hunter Mathieson parece já ter se esquecido dos abusos do empresário.

Ela abre o sorriso iluminado que conquistou o coração dos americanos. — O que vocês acham de ir comigo a uma festinha em Nova York?

Você está a fim de...

→ topar e cair na noite! Apesar de correr o risco de ser expulsa por sair da escola sem autorização prévia e por escrito dos seus pais ou de um conselheiro estudantil, como você pode perder a chance de ir a uma festa lotada de celebridades em Nova York? Siga para o snapshot #10 (página 54).

OU

→ agradecer e recusar o convite. Por mais fabuloso que pareça... você está frita se for pega em flagrante, e não vale a pena correr o risco. Afinal, é o seu futuro que está em jogo. Você realmente quer voltar para as noites de sexta-feira no posto de gasolina e para a professora de cálculo que cochila na aula? Siga para o snapshot #11 (página 58).

SNAPSHOT! #6

Sábado, 15 de fevereiro, 20h22
Casa Pennyworth

Você abre a porta e dá de cara com o Walter, com a mochila de lona, parado ao lado de uma ruivinha que parece muito com... não pode ser... Hunter Mathieson?!? Hunter Mathieson está parada no seu corredor. Sorrindo para você. Igual a uma pessoa comum, que é claro que ela *não é*, uma vez que pessoas comuns não são fotografadas no iate do Jay-Z em Saint-Tropez. O enorme par de olhos azuis, o queixo anguloso que você já viu nas telonas e nas telinhas dezenas de vezes, o sorriso brilhante que você já viu espalhado em vários outdoors, o corpo que você viu quase nu na capa da *Vanity Fair* estão agora parados a um metro de distância, de braço dado com o Walter!

— Que bom que você está em casa — ele diz, radiante. — Eu queria que você conhecesse minha prima Helen. — Ele se vira para ela. — Bom, acho que é Hunter agora, mas pra mim você sempre vai ser Helen. Enfim, ela fez surpresa e veio passar a noite aqui comigo.

— Helen? — Você parece uma tonta, mas não consegue esconder a surpresa. O Walter falou que tinha uma prima chamada Helen, que também era filha única, com quem ele costumava acampar nas férias de verão. E que uma vez ela levou um sapo para casa e o escondeu dos pais durante um mês, até que ele escapou... e apareceu quando a mãe dela estava tomando um banho de espuma na banheira. Você se lembra vagamente de o Walter ter mencionado sobre o talento da Helen como atriz, mas ele nunca falou que ela era *Hunter Mathieson*! Antes que você consiga se recompor, suas colegas de apartamento correm para a porta. As meninas trocam apertos de mão com a Hunter, e a Libby puxa o Walter e a prima dele para dentro.

— Imaginei que um alojamento de escola fosse *totalmente* diferente — a Hunter diz, olhando admirada para a decoração.

Assim que a Libby se mudou, a mãe dela enviou a decoradora — uma sujeitinha de cara chupada da Park Avenue que jurou que teria pesadelos com o seu pufe neon — para "redefinir o espaço". Num piscar de olhos, a sala-padrão ganhou sofás forrados de seda ikat lilás e creme, aparadores envernizados e um lindo tapete bordado. Todas as quintas-feiras chegam peônias fresquinhas. Igualzinho em casa, sabe?

— Quisemos deixar o lugar com a nossa cara — a Libby diz, com um floreio que você imagina que ela tenha herdado da mãe. A Spider revira os olhos. — A *Elle Décor* queria vir fotografar, mas a escola não deixou. — A Libby leva a Hunter ao quarto que ela divide com a Spider, uma explosão de tangerina e rosa-choque. Desde o lustre escultural à roupa de cama esticadinha (cortesia do serviço de faxina quinzenal), o quarto grita à Libby e faz a Spider morrer de vontade de gritar. — Walter, vocês *precisam* ir à Sonho de uma Noite de Inverno esta noite — diz a Libby, pousando a mão sobre o ombro dele como se fossem velhos amigos. — Vai ser uma festa homérica. Todos os anos os formandos promovem essa festa. Vai ter uma fogueira imensa...

Isso veio da menina que estava implorando para você não abrir a porta para ele?

— É muita gentileza sua, mas a Helen acabou de chegar de Los Angeles. — O Walter olha para a prima para medir o entusiasmo dela. — Acho que ela vai preferir comer alguma coisa e relaxar.

A Libby olha para ele sem poder acreditar. Homérica? Formandos? *Fogueira?* Que parte ele não entendeu?

— Estou pronta para o que der e vier, Wal — a Hunter diz, sorrindo para ele enquanto cruza a sala para se sentar em um sofá. Ela desfaz as várias voltas da echarpe laranja-queimado ao redor do pescoço. — Uma festa na floresta? Quem sabe podemos até caçar uma ou duas rãs.

O sorriso da Libby atinge uma voltagem capaz de iluminar uma vila inteira na Guatemala.

— É isso aí! — grita ela, batendo palmas e dando um beijo espontâneo no rosto do Walter.

Nunca mais ela vai tentar excluir o Walter, você pensa, sentindo um tremendo alívio. Ser parente de Hunter Mathieson equivale a pontos positivos instantâneos e irrevocáveis. A Spider serve mais duas doses. Ela estende uma caneca lascada onde está escrito CORRO COMO UMA MENINA... TENTE ME ACOMPANHAR. Você encara o líquido âmbar e o aproxima do nariz, girando a caneca. Tem cheiro de solvente de tinta.

— Saúde! — a Annabel exclama, brindando com os outros.

Você está a fim de...

→ virar de um só gole, sentindo a bebida queimando goela baixo. Siga para o snapshot #12 (página 61).

OU

→ dizer que é alérgica a tequila e passar o copo para Libby, que sempre aceita mais uma dose. Siga para o snapshot #13 (página 67).

SNAPSHOT! #7

Sábado, 15 de fevereiro, 20h24
Casa Pennyworth

A cada segundo de silêncio que se passa, mais idiota e covarde você se sente. Você se sente péssima por estar ignorando a batida do Walter. Ele nunca faria isso com você. Mas ele provavelmente ia mesmo detestar a festa. Walter é muito mais feliz com o nariz enterrado em um livro. Ele ia passar a noite na mais calma solidão, lendo e ouvindo Brahms, em vez de se embrenhar pela floresta fria e escura para conseguir chegar a uma festa da cerveja. Ele só iria se fosse para ficar com você.

Se você estava tentando atenuar sua culpa, então falhou: a ideia de que o Walter não quer nada além da sua companhia pesa ainda mais em sua consciência.

— Acho que ele já foi — diz Libby, aproximando-se da porta na ponta dos pés. Você fica com um pouco de raiva dela. Às vezes você pensa se vocês seriam amigas se não tivessem sido colocadas para morar juntas. Se Annabel não tivesse lhe dado o selo de aprovação, será que Libby também não lhe daria um fora? Será que as outras não evitariam você, como fizeram com o Walter? Libby volta para o quarto com uma folha de papel dobrada e a entrega para você. — Ele enfiou esse bilhete embaixo da porta.

Você abre e lê.

M—
Passei aqui às oito para te apresentar a minha prima, que chegou de surpresa para passar a noite. Estamos indo para a lanchonete Glory Days. Se estiver a fim, apareça.

Seu,
Walter

Seu. Ele escreveu mesmo isso?

Spider oferece uma dose a você, de olho no bilhete.

— Ele já tinha outros planos. Nem ia ficar em casa sozinho.

— Ela está tentando fazer com que você se sinta melhor, mas não funciona. A Spider serve as outras. Você cheira a tequila e automaticamente inclina a cabeça um pouco para trás, repudiando o cheiro forte. Eca. Você pensa na batata frita com queijo e no milk shake de chocolate da Glory Days. E no Walter. E se ele sabia que você estava atrás da porta, só esperando o momento em que ele fosse embora? É um pensamento arrasador.

— Vamos virar, meninas! — diz a Annabel.

Você está a fim de...

→ virar a tequila. Talvez isso ajude a esquecer que você pisou na bola com seu amigo. A tequila cauteriza sua garganta. Siga para o snapshot #14 (página 72).

OU

→ passar. Você já cedeu a muita pressão das suas amigas esta noite, e isso só fez com que você se sentisse mal. A sensação de dizer não faz com que você se sinta melhor dessa vez. Siga para o snapshot #15 (página 75).

SNAPSHOT! #8

Sábado, 15 de fevereiro, 22h18
Festa na floresta

— Annabel! Espera, por favor! — Você corre atrás dela pela floresta, mas a distância que as separa só aumenta. O fato de a Annabel ser dez centímetros mais alta e correr como uma gazela não ajuda muito. — Estou sentindo tontura outra vez!

Certo, isso foi golpe baixo. Mas você percebe que ela diminui o passo até parar. Finalmente. Alguns segundos depois, você consegue alcançá-la.

— O que aconteceu? Você está bem? — você pergunta sem fôlego.

Ela está de costas e não vira quando você se aproxima. Apenas balança a cabeça, e os cabelos castanho-escuros brilhantes refletem a luz do luar.

— É o Henry. Acho que acabou tudo.

— Impossível! — Na hora bate aquela sensação de que foi a coisa mais tonta que você poderia ter dito, mas foi sincero. Henry e Annabel formam um casal de ouro. Eles sempre aparentaram estar muito apaixonados, combinar muito, ser muito felizes.

— Primeiro ele disse que a gente devia pensar na possibilidade de ficar com outras pessoas... — Annabel está chorando agora, compulsivamente. As palavras saem entre soluços, como uma criança que foi magoada e não consegue recuperar o fôlego entre as lágrimas. Isso parte seu coração. Qual é o problema do Henry? Será que ele não percebe que a namorada é absoluta e totalmente perfeita? Sua lealdade a Annabel se inflama, e a paixão que você sentia por ele se transforma em raiva. Como ele teve coragem de magoar sua amiga assim?

— Eu queria ter conversado com ele sobre isso. Mas aí, hoje... — mais um soluço escapa dos lábios de Annabel — ao ver o modo como ele ficou enciumado quando te viu conversando com o Crosby, eu percebi. Percebi que tinha acabado. E soube o motivo.

Ela não pode estar dizendo isso. Você leva as mãos ao rosto, totalmente chocada. Não é possível que...

— Acho que o Henry gosta de você. — O rosto de Annabel parece se contorcer de dor. — Isso tudo parece um daqueles programas de auditório horríveis que discutem problemas familiares. Meu namorado sente um desejo secreto pela minha melhor amiga! Como isso pode estar acontecendo?

Ela está praticamente hiperventilando, e você não fica atrás.

— Isso não pode ser verdade, Annabel. O Henry e eu somos apenas amigos, e ele só estava preocupado comigo por causa do desmaio! — Mas, conforme as palavras saem da sua boca, você percebe que pode ter sido realmente mais do que isso. Henry parecia estar prestes a dar um soco na cara do Crosby. Ele foi correndo para o apartamento de vocês quando ficou sabendo que você tinha desmaiado e ficou muito preocupado quando você disse que ia à festa. Sem contar que, ultimamente, todos os seus artigos para o jornal foram editados por ele. Para você, era apenas uma infeliz coincidência — quanto mais tempo juntos, mais lenha indesejada no fogo da sua paixonite. Mas será que ele estava mexendo os pauzinhos para trabalhar com você?

Annabel enxuga as lágrimas com as costas das mãos.

— E tem mais. Ele sempre quer falar de você. Até *citou* aquele poema que você escreveu para a revista literária. Ele sempre quer saber o que você acha das coisas, quais são seus planos... Acredite em mim. Não sou tonta.

Um sentimento secreto e perigoso cresce dentro de você. Apesar de ser extremamente errado, apesar de fazer com que você se sinta a maior vilã e a pior amiga do mundo, você não tem como negar que no fundo sente esperanças de que Annabel esteja certa.

— Vamos para casa. — Você passa o braço ao redor da cintura dela para ampará-la, como se ela estivesse com uma torção no tornozelo, e não com o coração partido, e as duas saem andando. A fúria selvagem que levou sua amiga a sair correndo pela mata passou, e agora os passos de Annabel estão pesados, como se a gravidade estivesse agindo duas vezes mais sobre ela.

— Como ele pôde fazer isso? — ela indaga com a voz trêmula.

— Não faço ideia. Você é maravilhosa. É a garota mais incrível que eu conheço. — O que é verdade. Você gostaria de ter as palavras certas para dizer para a Annabel quanto você gosta dela, quanta consideração você tem por ela. — Talvez isso tudo não passe de um mal-entendido. Vocês precisam conversar. Tenho certeza que vão resolver tudo.

Ela para de andar e olha para você. A luz do luar brilha o suficiente para que você veja os olhos dela.

— Promete que nunca vai ficar com ele — ela implora, como se estivesse lendo seus pensamentos mais culpados.

— Isso é loucura. — Você a puxa pelo cotovelo, mas ela não sai do lugar. Você quer dar um tranco no braço dela e forçá-la a andar, mas não faz isso.

— Promete, por favor?

Você ouve o barulho de risadas ao longe, vindo da direção da festa. Elas parecem muito mais altas do que há uma hora, quando você estava chegando com Annabel e Henry. A alegria está se espalhando lentamente pela floresta de New Hampshire, a festa está tomando conta da noite. Somente vocês duas estão tristes e confusas.

— Você tem noção de que todos os caras da Kings vão fazer fila na porta do nosso apartamento por sua causa? — você responde, fugindo da pergunta. Seus pensamentos estão a mil. Parece impossível o Henry escolher ficar com você em vez de ficar com a perfeita Annabel, mas a parte de você que sempre se sentiu à sombra dela adorou. E com isso surge uma possibilidade de que você e o Henry poderiam de fato ficar juntos. Você não consegue pensar em nada que queira mais do que isso, mais do que ele.

Mas e se isso deixar a sua melhor amiga arrasada? Você pega na mão de Annabel. Ela é a amiga mais generosa, gentil e atenciosa que se possa imaginar. Você a adora. Ela lhe deu tanto e nunca pediu nada em troca.

Promete que nunca vai ficar com ele.
Nunca?
E agora está pedindo tanto...

Você está a fim de...

→ prometer que o Henry está fora de cogitação. A sua melhor amiga está arrasada. Assim como Annabel, você precisa arrumar um jeito de partir para outra. Siga para o snapshot #16 (página 80).

OU

→ resistir em fazer uma promessa que você não quer cumprir. Você adora a Annabel, mas é justo ela pedir que você sacrifique a sua felicidade por ela? Siga para o snapshot #17 (página 83).

SNAPSHOT! #9

Sábado, 15 de fevereiro, 22h03
Festa na floresta

— Uau. Que tenso! — Crosby pega na sua mão novamente enquanto vocês veem Henry correndo atrás de Annabel, mas você mal nota. No outro extremo, você percebe que Libby olha em sua direção. Billy Grover está com o braço ao redor do ombro dela. A expressão confusa no rosto de Libby indica que ela viu a cena estranha entre Annabel e Henry. Ela inclina a cabeça como se estivesse fazendo uma pergunta, e você encolhe os ombros, pois não sabe muito mais do que ela.

Ou talvez saiba.

Um pensamento estranho acaba de passar pela sua cabeça: quem sabe, quem sabe apenas, o Henry também sinta algo por você. Isso explicaria a reação dele quando te viu de paquera com o Crosby — e, se a Annabel imaginou a mesma coisa, que o namorado dela está gostando de sua melhor amiga, isso explicaria a fuga repentina para a floresta escura e assustadora.

Será que ele... Você sente um nó na garganta só de pensar.

— Acho que você ia curtir a nossa última música — Crosby diz, a voz dele invadindo seus pensamentos nebulosos. Ele brinca carinhosamente com seus dedos. — Se você quiser, podemos ir para o meu quarto e eu posso tocar algo para você.

Código para "vamos nos pegar", é óbvio — e isso traz você de volta à realidade. Será que Crosby Wells — aquele gostoso, de quem você passou o ano morrendo de vergonha de se aproximar, mas ficou olhando de longe — está mesmo interessado em você? Como se respondesse à sua pergunta, Crosby se inclina e te dá um beijo. Ele beija bem, de um modo que sugere que tem conhecimento de causa, e você se deixa levar pelo momento. É o seu primeiro beijo de verdade, sem contar alguns selinhos no acampamento de verão. Crosby Wells, o formando entre os cinco mais lindos da escola, está ficando com você. Isso aconteceu tão rápido que nem parece verdade.

— Eu não devia ter feito isso? — ele pergunta com um sorrisinho enquanto se afasta. Claro que ele não está acostumado a ouvir a palavra *não*. Você abre a boca, mas não consegue pensar numa resposta decente. — O que você me diz? Tá a fim de ouvir umas músicas nossas?

Isso tudo está acontecendo muito rápido. De repente você se dá conta de que Crosby nem sabe o seu sobrenome. Será que ele sabe pelo menos o primeiro nome? Henry, é impossível não comparar, sabe que você adora chiclete de tutti-frutti, mas que sente ânsia só de sentir o cheiro de menta. Ele conheceu seus pais e conversou com o seu pai sobre a colocação do Red Sox no campeonato. Ele sabe como você sente saudade do seu golden retriever, o Bernie, e como você amava o antecessor dele, o Rufus, que foi atropelado quando você tinha doze anos. Ele já te viu com creme antiacne no rosto e de camisola do Snoopy. Ele sabe sobre a sua paixão por escrever — e que você é capaz de ficar na sala de imprensa até altas horas da noite, tentando melhorar um trecho enroscado.

Mas que importância tem isso tudo? Ele pertence a Annabel. Mesmo que eles terminem, mesmo que ele goste de você, ele nunca seria seu... a menos que você esteja disposta a perder a sua melhor amiga.

E agora o fofo do Crosby está beijando o seu pescoço, esperando por uma resposta.

Você está a fim de...

→ topar. Talvez o Crosby consiga tirar o Henry da sua cabeça... Vale a pena tentar. Siga para o snapshot #18 (página 92).

OU

→ dizer que fica para a próxima, pois você sabe que o Crosby vai arrumar outra menina até o fim da noite para levar para casa. Você está um pouco nervosa com a ideia de ir para casa com ele e isso está lhe dando nos nervos. Além do mais, o seu coração ainda pertence ao Henry. Siga para o snapshot #19 (página 97).

SNAPSHOT! #10

Sábado, 15 de fevereiro, 23h34
Nova York

— Hunter! Aqui! — grita um fotógrafo, dando de ombros para abrir caminho entre a multidão que se aglomera do lado de fora da Oberon (*a* casa noturna onde vocês se encontram agora, da qual a Hunter falou durante o voo) para tirar uma valiosa foto. Hunter vira de costas e olha para trás de um jeito provocante, uma profissional, fazendo a pose que você já viu várias vezes nas páginas da *People* e da *Us Weekly*. Durante o voo, ela trocou a roupa que estava usando por um minivestido e um sapato de salto fino altíssimo e muito sexy. Agora, enquanto desfila pelo tapete vermelho, cada centímetro dela é de uma estrela de cinema. Os flashes piscam ofuscantes em resposta.

— Ei, por que você nunca falou sobre a identidade secreta da sua prima Helen? — Você e Walter estão parados ao lado de um dos assistentes da Hunter, dando a você a oportunidade de falar com ele longe dela pela primeira vez. — Você não sabe como é legal ter um parente tão famoso? — Você conviveu com a Libby por tempo suficiente para saber que o fato de o Walter ter a mesma carga genética da Hunter será a passagem dele para sair da Sibéria social.

— Acho que nem pensei nisso — Walter responde, distraído, lembrando a você mais uma vez que ele não liga para o que as outras pessoas pensam dele. Essa é uma daquelas características que você tem certeza de que, em longo prazo, vai funcionar para o Walter. Mas vocês estão no ensino médio. Se liga, cara. Só *um pouquinho*, vai? Pelo menos Walter permitiu que a Hunter desse um trato no visual dele antes de o avião decolar. O suéter folgado caiu fora e as mangas da camisa branca que ele usava por baixo foram dobradas até a altura dos cotovelos; a juba de cachos foi domada e ficou igual à do John Mayer. Foram mudanças simples, mas impactantes. Você é obrigada a admitir que ele ficou... bom... gato pode ser exagero, mas *fofo*. Definitivamente fofo. Na verdade é um pouco estranho. Pela primeira vez você está enxergando o Walter como um *cara*. E está feliz por ter pegado emprestada a minissaia Marc Jacobs da Annabel.

— Agora que estou livre, vamos nos divertir — a Hunter declara ao abandonar o tapete vermelho. Ela sai de braços dados com você e o Walter na direção da porta da frente do clube ultraexclusivo onde está rolando a festa. O segurança tira a corda de veludo do caminho, e vocês três entram juntos. Hunter nem se dá ao trabalho de agradecer. Algo mudou nela desde que vocês partiram de New Hampshire, e você tem certeza de que Walter também percebeu. Os movimentos dela estão mais bruscos, mais rápidos, e a expressão do rosto é cuidadosamente estudada, como se ela soubesse que está sendo observada o tempo todo. E está mesmo, é claro. Observada e fotografada. Ela escolheu um nome artístico irônico, uma vez que é ela quem parece estar sendo caçada.*

Dentro do clube escurinho, a Hunter é abordada por um quarentão de camisa preta. Ela não o apresenta, mas você adivinha que se trata do empresário bravo pelo modo como ele sussurra

---

* *Hunter* significa caçador, ou caçadora, em inglês. (N. da T.)

ao ouvido dela e aponta para algumas pessoas em específico ao redor do salão.

— Já volto — diz ela, e em seguida sai, deixando você e o Walter se virarem sozinhos.

Sua visão ainda está se ajustando à pouca luz. Na rua estava mais claro, graças à iluminação dos postes, e uns quatro graus mais frio. O ar dentro da Oberon está tão carregado e quente que dá vontade de tirar a roupa — sem dúvida, a intenção é exatamente essa. Walter pega sua mão e sai puxando você em meio à multidão. À medida que seus olhos se ajustam, você começa a enxergar as celebridades. Será que a loira de pernas compridas arrasando na pista de dança é a Cameron Diaz? Você tem certeza de que Joe Jonas acabou de tomar uma dose no bar. Sei lá, mas amanhã, quando você estiver contando tudo isso para as meninas no refeitório, vai ser demais. Você ri sozinha. Quem poderia imaginar que uma noite que começou com você perdendo a festa da escola ia acabar num badalado evento em Manhattan?

— Martíni? — pergunta o garçom, surgindo do nada com uma bandeja.

Você olha para o Walter. Você não bebe quase nada, e ele absolutamente nada. Mas esta noite, talvez para combater a sensação estranha de ter caído de paraquedas nessa festa, você pega um martíni e dá uns goles. Definitivamente você vai levar um tempo para aprender a gostar.

— O DJ é demais! — Walter grita, e ele está certo. A música parece pulsar em cada célula do seu corpo, como se fosse uma droga. Você aperta um pouco a mão dele. É assim que vai ser quando você estiver com vinte e poucos anos, quando conseguir aquela vaga dos sonhos como repórter do *Times* e Walter estiver cursando o ph.D. em filosofia na Columbia? (Claro, vocês já conversaram sobre os planos para daqui a dez anos.) Walter está dizendo alguma coisa, mas você não consegue ouvir. Na quarta tentativa, ele a puxa para mais perto, e os lábios dele roçam a sua orelha. — Quer dançar?

É aí que acontece. Do nada, você sente um friozinho na barriga.

Oh-oh. O *friozinho*! O que isso significa?

Significa "estou em um clube legal de Nova York, tendo uma noite inesperadamente fabulosa com o meu melhor amigo, que acabo de descobrir que é um gato" ou "meu amigo pode sentir algo por mim e, se cruzarmos a linha e formos para a pista de dança, podemos acabar estragando a nossa amizade"?

Boa pergunta. Mas isso é uma coisa que só você pode responder.

Você está a fim de...

→ deixar rolar. Cair na dança com o Walter e com aquela moça que é a cara da Cameron e ver no que vai dar. Siga para o snapshot #20 (página 101).

OU

→ cortar o Walter. Sim, você está olhando para ele com outros olhos esta noite, mas não quer incentivá-lo nem arriscar a amizade de vocês. Siga para o snapshot #21 (página 104).

SNAPSHOT! #11

Sábado, 15 de fevereiro, 21h35
Main Street

O ar gelado penetra pelo seu nariz ao respirar; a qualquer momento a neve vai cair, cobrindo de branco a Main Street. Uma caminhonete velha com um limpa-neve na frente passa por você. O motorista desce o vidro um centímetro para jogar a cinza do cigarro e a brasa cai pertinho da sua bota.

Ficar no campus foi a decisão correta, você e Walter concordam, apesar de algo em você ainda estar em dúvida se devia mesmo ter recusado o convite da Hunter. Qual a vantagem de ter catorze anos se não quebrar as regras de vez em quando em nome da diversão? Mas, pensando melhor, imagine como seria horrível ser expulsa da Kings e ver todas as oportunidades descendo pelo ralo. E assim você se despediu da Hunter... da *Helen* e pediu a conta. O Walter viria logo atrás. Ele encontrou alguns amigos do Grupo de Discussão e você disse para ele te alcançar no caminho.

Enquanto passa pelos imensos portões de ferro que delimitam a entrada do universo da Kings, você tem uma crise de medo de ficar de fora. Nesta noite, em vez de aproveitar a melhor festa do ano, você está de escanteio. Suas amigas vão voltar para casa com histórias incríveis, enquanto você vai passar a noite comendo salgadinhos gordurosos e assistindo a *Casablanca* com o Walter... mais uma vez. Você poderia ter embarcado em um avião com uma megacelebridade, mas não quis arriscar. Para resumir, você está se sentindo meio fracassada.

O Walter deve ter se empolgado no papo, pois você já está na rua dos professores, com suas adoráveis casinhas brancas onde mora a maioria dos professores mais jovens, que ainda não têm família. Você ouve alguém batendo furiosamente em uma porta. As lâmpadas dos postes lançam uma luz amarelada ofuscante, mas você consegue distinguir a silhueta de uma menina em uma das varandas.

— Eu sei que você está aí, Martin — sibila ela entre batidas fortes. Na hora você sente um calafrio: a voz inconfundível pertence a Oona de Campos. — Seu covarde. Pelo menos saia e fale comigo como um homem.

A porta abre uma frestinha, mas está presa na corrente por dentro. Parece ser o sr. Worth do lado de dentro.

— Acabou tudo entre nós, Oona.

Ela se lança contra a porta, balançando a correntinha.

— Desde quando? Não parecia que tinha terminado na última quinta-feira, na sua sala!

O sr. Worth cobre o rosto com as mãos. Por mais que você não goste da Oona, de repente também fica com raiva do Worth. Então é verdade — ele realmente tinha um caso com a Oona, uma aluna de dezesseis anos. Essa é uma daquelas coisas que você preferiria nem ter ficado sabendo, assim como os ingredientes de uma salsicha. Você nunca imaginou que pudesse sentir compaixão sincera por Oona de Campos. Ao longo do ano, ela trancou um calouro na estante de troféus — e ele estava só de cueca. Ela fez a pobre mademoiselle Fradette, a doce professora de francês com seu cabelo tigelinha, chorar na mesa depois da aula. A Oona não é uma pessoa gentil, mas ela não merecia isso.

Algo no fundo lhe diz que Martin Worth é ainda pior, e que esse caso com ele só poderia causar mais estragos na Oona, torná-la ainda mais amarga e revoltada com o mundo. Você não tem certeza se o mundo pode aguentar isso.

— Você precisa se acalmar — diz o sr. Worth, em tom autoritário. — Sério, Oona, você está agindo como uma criança mimada. O que tivemos foi divertido. Você é uma garota incrível, sério...

— Só me diz o nome dela, seu babaca! Diz o nome dela e eu não mostro para o diretor a foto que eu tenho no meu iPhone.

De onde você está, dá para ouvir o Worth engolindo em seco. Deve ser *a* foto.

— Heather. Heather McPherson. Feliz?

— Ah, estou em êxtase. Não dá para perceber?

A porta bate na cara dela, e Oona não se move. De casaco de lã de carneiro e botas de salto fino, ela é a sofisticação em pessoa — apesar de os ombros estarem um pouco trêmulos por conta dos soluços baixinhos. Minha nossa! A Oona está agindo... como um ser humano. A Rainha do Mal não passa de uma adolescente com o coração partido.

Você está a fim de...

→ seguir em frente. Isso não é da sua conta. Além do mais, às vezes um animal ferido pode ser ainda mais perigoso. Siga para o snapshot #22 (página 108).

OU

→ falar com ela. É óbvio que ela está magoada... e vai saber o que é capaz de fazer com a outra mulher do sr. Worth. No fundo, você é uma garota sensível e não suporta ver nem mesmo a Oona sofrendo tanto. Siga para o snapshot #23 (página 112).

SNAPSHOT! #12

Sábado, 15 de fevereiro, 21h05
Festa na floresta

— O mapa da Libby mostra que deve estar perto — Spider diz, segurando um galho de pinheiro para não acertar o seu rosto. Na outra mão, ela segura a lanterna amarela do Walter, a única luz com a qual vocês podem contar, além da tela dos iPhones. — Vocês devem estar congelando. — Spider veste o figurino de sempre: calça de moletom verde-musgo, com a palavra KINGS impressa em letra de forma ao longo de uma perna, blusa de moletom com capuz cinza e gorro de tricô verde-musgo com uma bola de futebol bordada na frente. Vocês tentaram convencê-la a colocar uma roupa de menininha, mas não adiantou. Com aquele nariz arrebitado e os cachos espiralados, Spider ainda consegue estar bonita. E o mais importante, ela está quentinha. Minissaia sem meia em uma noite gelada de inverno... onde você estava com a cabeça?

— Essa festa é homérica — diz Libby, alto o suficiente para que Hunter possa ouvir todas as palavras. — Todos os anos, em fevereiro, os formandos descolam barris de cerveja, penduram lanternas de papel nas árvores... É uma tradição na Kings desde sempre.

Você sente uma pontinha de vergonha alheia. Libby está contando vantagem sobre a festa Sonho de uma Noite de Inverno para uma garota que foi à entrega do Oscar no ano passado?

Dá para ouvir um murmurinho de risadas adiante. Alguém grita; uns acordes são arranhados em um baixo. Uns meninos começam a cantar algo, mas ainda está muito longe para distinguir o que eles estão dizendo. Você sopra as mãos antes de pegar a garrafinha de água cheia de rum e Coca-Cola. Você toma um gole, na esperança de se aquecer. Por um momento resolve. Toma mais um. Após as doses de tequila lá na Pennyworth, você já está começando a entrar no clima. Não é só por causa do álcool, é claro — é a emoção de estar em uma festa do pessoal do último ano com todos os seus amigos, incluindo Walter, e especialmente Hunter. Você imagina como todos vão pirar quando perceberem que ela veio com vocês.

Você e Annabel são as primeiras a pisar na clareira, onde uma fogueira enorme arde, aquecendo o ar. Céus. Você sente os dedos dos pés descongelando. Deve haver umas cinquenta pessoas na festa. Elas estão com as bochechas rosadas, e você tem a sensação de que caiu dentro de uma propaganda da Ralph Lauren. A princípio, ninguém parece notar a chegada do seu grupo.

— Henry! — chama Annabel, correndo na direção do namorado para lançar os braços longos e finos ao redor do pescoço dele. Sob a romântica luz bruxuleante da fogueira, eles são o retrato da perfeição. Henry ergue os olhos de repente e pega você olhando para eles. Você desvia o olhar na hora, e sem querer seu rosto fica vermelho.

Você pode fazer algumas escolhas — o que vestir, se vai estudar para a prova de economia ou sair para comer pizza com suas amigas —, e algumas delas são perfeitas. Como você gostaria que seus sentimentos por Henry Dearborn fossem uma questão de escolha. Mas parece que uma parte sua está amarrada a isso. Toda vez que você olha para aqueles cachos dourados, toda vez que ele contrai as sobrancelhas quando está tentando pensar em uma manchete durante uma reunião do jornal, toda vez que você atende o telefone e é ele, algo dentro de você assume o controle, calando a voz da razão que está lhe dizendo que isso é *uma péssima ideia*.

— Lá estão os barris de cerveja — Spider diz, puxando você pela mão em meio à multidão. Walter e Hunter vão atrás. Hunter parece se divertir com a cena. O sorriso dela é um pouco condescendente, talvez, mas é preciso lembrar que ela não está acostumada a frequentar festas com pessoas da idade dela.

Andando na cola da Spider, você observa quem está na festa. Lá está Crosby Wells, recostado no tronco caído de uma árvore, exibindo-se para umas garotas do curso de teatro. Gênero: maconheiro boêmio/músico indie. Espécie: gato. Os atletas, como sempre, ocupam todo o espaço, trombando uns nos outros sem motivo aparente, com seus bonés de beisebol descorados e seus casacos de fleece. Você reconhece Matthew Ramirez, zagueiro do time de futebol americano, e Billy Grover, uma estrela do hóquei. A Libby só pensa no Billy nas últimas semanas, desde que eles ficaram em uma festa durante as finais do campeonato de inverno. Ele não ligou para ela desde então.

— Não jogue fora o copo — avisa uma garota do último ano que você se lembra vagamente de ter visto nas reuniões da escola enquanto ela enche de cerveja espumosa seu copo de plástico vermelho. Ela realmente está se sentindo muito importante na função de cervejeira. — Uau, você é a Hunter Mathieson? — ela pergunta quando chega a vez da Hunter. Várias pessoas viram para olhar.

— É o que dizem — Hunter responde, lançando um sorriso vitorioso para a cervejeira. Ela e Walter têm os mesmos olhos azuis, mas são muito diferentes no que diz respeito ao ego.

— Sou sua fã. — A cervejeira está cheia de reverência agora. Ela pega uma caneta. — Você pode dar um autógrafo no meu copo de cerveja? — Hunter atende ao pedido, e, quando está terminando de assinar, uma multidão se junta ao redor. Libby sorri radiante, como se fosse ela que tivesse descoberto a Hunter, e Walter permanece ao lado da prima, como segurança improvisado da noite, protegendo-a dos fãs. Finalmente, ele consegue tirá-la da confusão e vocês três recuperam o fôlego em um local um pouco mais afastado da festa.

— Essa é uma típica noite de sábado para vocês? — Hunter pergunta. O cenário é tão bonito quanto o de um filme de Hollywood. Os formandos penduraram delicadas lanternas nos galhos das árvores, transformando a clareira em um lugar encantado.

— Ainda não sei direito o que é típico na Kings — o que é verdade; tem sempre alguma coisa nova acontecendo por lá —, mas, para o Walter e eu, numa típica noite de sábado não pode faltar batata frita com queijo. — Walter ri, e você toma um gole de cerveja.

Sem querer, seus olhos encontram Henry novamente, no meio da festa — igualzinho a quando a sua mão começa a coçar antes mesmo que o cérebro perceba que você está com coceira. Ele ainda está parado ao lado da Annabel, mas agora conversa com uns amigos. Ela está com os braços ao redor da cintura dele, e a cada segundo se aconchega mais. Você sente um aperto no coração.

Você está quase terminando sua cerveja quando Oona de Campos surge maravilhosa em um casaco de lã de carneiro e uma blusa de gola alta chiquérrima. Você sente um tremor. Ela age como se não estivesse nem ligando para a presença da Hunter. Pelo contrário, parece torcer o nariz para ela, como se fosse uma rival. Mas é ao Walter que ela se dirige:

— Seu nome é Walter, não é? Walter, odeio ter de lhe dizer isso, mas essa festa é proibida para alunos do primeiro ano.

Hunter morde a isca.

— Quem é você?

— Oona de Campos. E você, quem é?

Hunter solta uma risada irônica, como se fosse muito ridículo dar bola para qualquer um que não soubesse exatamente quem ela é.

— Sei. Bom, pode ir agora.

Você literalmente ofega. Ninguém na Kings jamais ousou falar de modo tão rude com Oona, e, por um segundo, ela fica sem palavras. Mas se recupera rapidinho, é claro.

— Sua cara parece conhecida. Você participou de um daqueles reality shows?

Hunter revira os olhos.

— Me pegou, hein?

— Bom, mesmo assim sinto muito, mas vocês não podem ficar. — A voz da Oona soa como um ronrom aveludado, mas não disfarça a declaração de guerra. Enquanto ela sai andando para se juntar às amigas, que seguem todas as suas ordens, fica claro que o clima está esquentando.

— Que maluca — Hunter caçoa.

— Acho melhor a gente cair fora — diz Walter. — Eu não sabia...

— Mas não vamos mesmo. — De repente Hunter estremece, puxando o cachecol de cashmere até o queixo. — Estou congelando. Vamos nos esquentar um pouco. — Vocês três se aproximam da fogueira, sentindo o calor aquecer as extremidades de seus corpos.

DeeDee Banks, uma das seguidoras de Oona, chega perto.

— Hum, desculpa, mas vou ter que pedir para vocês se retirarem. Agora, tá? — Ela se dirige ao grupo, mas olhando para o chão. — Regras são regras. Nada de alunos do primeiro ano.

Hunter se coloca à frente do grupo de vocês.

— Diz para a sua líder valentona ir cuidar da vida dela.

Perplexa, a garota dá o recado.

Você está a fim de...

→ tomar o partido de Hunter contra Oona e fazer o possível para derrubar a valentona da escola. Afinal, Walter não deve ir embora. Siga para o snapshot #24 (página 120).

OU

→ ficar fora da confusão. Até parece que você quer entrar para a lista negra da Oona! O Walter não está nem aí para a festa mesmo. Siga para o snapshot #25 (página 125).

SNAPSHOT! #13

Sábado, 15 de fevereiro, 21h05
Festa na floresta

— O mapa da Libby mostra que deve estar perto — diz Spider, liderando o grupo pela floresta escura como breu, segurando a lanterna que Walter achou no quarto dele. — Vocês devem estar congelando. — Vocês duas são as únicas que estão vestidas de acordo com a noite gelada de fevereiro. De calça de moletom e gorro de lã, parece que Spider está indo para um jogo e não para uma festa. Você teve o bom senso de trocar a roupa que Annabel lhe emprestou por uma calça jeans e botas quentinhas. Não está na moda, mas pelo menos você não corre o risco de ter uma hipotermia.

Libby está contando vantagem sobre a festa da Kings (obviamente para impressionar Hunter) quando você ouve as primeiras risadinhas e a música ensurdecedora.

— Acho que estamos perto — diz Walter, logo atrás do grupo. Você está feliz por ele ter vindo. Muito feliz mesmo. Ter seu melhor amigo como companhia é garantia de uma noite legal.

A primeira pessoa que você vê quando vocês chegam à clareira — que por sinal está agradavelmente quentinha, graças à enorme fogueira, e bem bonita, graças às delicadas lanternas penduradas nas árvores — é o Henry. A clareira está lotada de gente, e mesmo assim seus olhos se fixam nele, como se ele fosse um ímã. Ele está um pouco mais afastado do pessoal, com alguns amigos, rindo de alguma piada. Annabel, que veio com vocês, avista o namorado e faz o que você sonha poder fazer: corre até ele, lança os braços ao redor do pescoço dele e lhe dá um beijo apaixonado.

É doloroso ver, por isso rapidamente você desvia o olhar. Você gostaria que a felicidade da sua amiga não fosse uma tortura, mas não há nada que você possa fazer para mudar seus sentimentos. É melhor procurar algo para se distrair. Talvez você esteja precisando encontrar outro cara — um que *não seja* comprometido — para ajudá-la a esquecer aquele que não pode ser seu.

— Lá estão os barris de cerveja — a Spider diz, puxando você pela mão em meio à multidão. O Walter e a Hunter vêm atrás. A Libby já encontrou algumas amigas do hóquei e está tomando um gole de uma garrafa de vodca imensa que passa de mão em mão. Você já tentou dizer para a Libby pegar leve, mas nunca adiantou — ela já passou várias noites abraçada ao vaso sanitário, no banheiro no fim do corredor.

Você circula em meio à multidão barulhenta em busca de uma oportunidade romântica. No seu caso, vai ser preciso mais do que algumas gotas de sangue para ter sorte no amor — vai ser preciso se abrir para a ideia de que existem outros garotos além do Henry.

Lá está Crosby Wells, recostado no tronco caído de uma árvore; o músico sexy e talentoso de cabelos castanho-escuros compridos, olhar penetrante, esbanjando confiança. No outro extremo, Matthew Ramirez, zagueiro do time de futebol americano e bom garoto, apesar de um pouco careta. Ele está com Billy Grover, o jogador de hóquei por quem a Libby está obcecada desde que eles se beijaram em uma festa, Dexter Trent, que é tão bom no futebol quanto a Spider, e Hamilton Leeds, presidente acadêmico, superbonzinho, que vai para a Yale no outono, mas que não é muito pegável.

O Crosby tem potencial, mas é tão popular que dá até medo. Além do mais, só existe um Henry Dearborn. É um saco estar na sua pele.

— Não jogue fora o copo! — berra a tiradora de cerveja, uma garota mandona do último ano que lê as notícias matinais em todas as reuniões da escola. — Uau, você é a Hunter Mathieson? Você é a cara dela!

Na hora, junta um montão de gente em volta, e não demora muito a Hunter está autografando copos plásticos. O Walter faz o possível para proteger a prima, mas logo percebe que a Kings está cheia de fãs incondicionais da Hunter. Após alguns minutos de agitação, ele grita:

— Chega de autógrafos! — E leva a prima para um canto um pouco mais sossegado, e você e a Spider se juntam a eles quase sem fôlego.

— Desculpa pela confusão — a Spider diz. — Pensei que o pessoal fosse pegar mais leve.

— Não foi nada de mais — a Hunter responde, com um sorriso meio chocho.

Ser uma pessoa comum tem suas vantagens, você pensa.

Você vê Henry e Annabel, iluminados pela luz bruxuleante da fogueira, numa conversa tensa, e seu estômago se contorce. Você não consegue parar de olhar para eles. Todas as festas deveriam ser divertidas, mas essa não está sendo. Não para você. Então, do nada, surge uma desculpa.

— Não estou me sentindo bem — você diz para o seu grupinho. — Acho melhor eu ir para casa.

— Sério? — a Spider pergunta, parecendo surpresa.

— Sim, estou me sentindo um pouco enjoada. Os mariscos fritos do jantar não caíram muito bem.

A Spider ergue os ombros e assente.

— Certo, então vamos.

Em resposta à típica reação da Spider — não hesitar em ir embora de uma festa, se uma amiga estiver precisando de ajuda —, você avança e lhe dá um abraço.

— Você é incrível, mas estou bem. Eu sei o caminho. — O que não é totalmente verdade, mas quão difícil pode ser? Você vai direto para casa, ou talvez dê uma passada na Glory Days e depois vá para casa. Pedir uma porção de fritas com queijo para um (em vez de ficar numa festa que todo mundo vai comentar por semanas a fio) é o fundo do poço, mas você prefere ir embora a ser forçada a testemunhar as demonstrações de amor entre a Annabel e o Henry.

— Você não vai sozinha de jeito nenhum — a Spider declara.

— Nós vamos com ela — o Walter diz, entrando na conversa. — A Helen não jantou. Quer dizer, a Hunter. É estranho chamar a minha prima assim.

Talvez Henry Dearborn não seja seu, mas você tem amigos incríveis.

Enquanto você, Hunter e Walter se despedem da Spider e pegam o caminho de volta, algo chama sua atenção. Billy Grover está dando uns amassos na Libby, que já está passadinha por conta da bebida. Ela cambaleia e apoia a mão de unhas bem feitas no peitoral forte dele. Você vê quando Billy faz um sinal para o amigo dele — um idiota com boné de beisebol do time da Universidade de Boston, cujo nome você nunca consegue lembrar. O cara do boné está preparando bebida para o grupo, misturando suco de cranberry com vodca em copos de plástico. Não dá para ter certeza, uma vez que a luz fraca das lanternas faz sombra, mas você pode jurar que ele colocou um comprimido dentro de um dos copos antes de entregar ao Billy, que, por sua vez, dá o copo para... Libby, que toma um gole na mesma hora.

Você está a fim de...

→ partir para cima e arrancar o copo da mão da Libby. E se for um boa-noite-cinderela? É melhor prevenir do que remediar. Siga para o snapshot #26 (página 130).

OU

→ ir direto para o campus. Você tem certeza de que não é nada. A Libby vai ficar bem, e, se você interferir, ela pode ficar brava por você ter estragado o lance com o Billy. Siga para o snapshot #27 (página 133).

SNAPSHOT! #14

Sábado, 15 de fevereiro, 20h45
Festa na floresta

— Será que o Billy vai à festa? — repete a Libby pela terceira vez desde que vocês deixaram o aconchego de casa para enfrentar a selva gelada. Dessa vez, ninguém se dá ao trabalho de responder. Vocês estão tentando ver onde pisam, o que está difícil sob a luz fraca da tela de seus iPhones. E toda aquela tequila que você bebeu lá no quarto não está ajudando em nada.

— O que é aquilo? — A Annabel para de supetão. — Por acaso tem coiotes nessa floresta?

Antes que mais alguém tenha tempo de pirar, você ouve o barulho da festa, logo adiante. Algumas meninas riem alto. Você escuta a batida pesada do baixo sobressaindo à música. E então, lentamente, vai surgindo a luz quente da fogueira, e vocês chegam.

— Uau! — Libby exclama de olhos arregalados, entrando no clima. Você dá uma ajeitada na minissaia, suas pernas estão arrepiadas. Todos os cofrinhos da Kings estão reunidos em grupos ao redor da imensa fogueira, de acordo com as respectivas categorias sociais. Os atletas estão em um canto, perto dos barris de cerveja. Você percebe que a estrela do hóquei, Billy Grover, a obsessão da vez da Libby, está zoando Matthew Ramirez, o zagueiro do time de futebol americano da escola. Crosby Wells, o músico popular e intrigante, está cercado pelas garotas do curso de teatro e, bom... por garotas de modo geral. Ele é do tipo pegador. O ativo presidente acadêmico Hamilton Leeds, o mais atuante entre todos os atuantes, está conversando com a vice, Margot Harris, sobre algum assunto que parece ser de extrema importância. Às vezes você se pergunta em que toca do coelho foi cair para acabar em um mundo de riqueza, onde os planos de viagem para as férias de inverno normalmente requerem um passaporte e esquis, e a maioria das famílias dos estudantes possui no mínimo três casas. São esses seus colegas de escola?

Você avista Henry com alguns amigos e sente aquele previsível friozinho na barriga, que em seguida se espalha por todo o seu corpo. Henry está acima de todos os rótulos sociais — ele é um ótimo jogador de lacrosse, mas não se acha descolado demais para andar com a turma dos nerds; o que ele gosta mesmo é de jornalismo, mas isso não quer dizer que costume passar as horas vagas nos bastidores com metade da equipe do jornal. Ele não é do tipo que se esconde covardemente atrás de uma porta fechada e deixa um amigo sozinho do lado de fora. Olhando para ele, você sente uma pontinha de vergonha pelo modo como tratou Walter. Quando Annabel o encontra e lança os braços ao redor dele, você vira de costas.

Spider toma o caminho do barril de cerveja, Libby encontra as amigas do hóquei, e Annabel está aos beijos com o cara que você ama. Apesar da quantidade de bêbados, ou quase bêbados, ao redor, caindo pelas tabelas, rindo alto sem motivo, você se sente completamente sozinha.

Se não pode vencê-los, junte-se a eles.

A vontade de se embebedar e parar de pensar tanto no Henry a atinge. Você pega a sua garrafinha (uma garrafa de água cheia de rum, surrupiado do bar dos pais da Libby, e Coca-Cola) e toma um gole. Na metade da garrafa, você começa a se sentir um pouco zonza. Você procura a Spider, mas ela não está mais na fila do barril. Tomando um gole atrás do outro, você sai andando em meio à multidão, à procura de uma de suas amigas, em busca de um rosto conhecido. Quando percebe, a garrafa está vazia e você não encontrou ninguém.

— Você está bem? — Alguém pousa uma mão firme no seu braço e puxa você para o lado. Você fica surpresa quando percebe que é Billy Grover, a paixão da Libby. Você balança um pouco, empurrada por alguém, e cai de encontro a ele. Ao tentar recuperar o equilíbrio, acaba segurando no braço dele por mais tempo do que deveria.

— Ah, sim. Acho que só estou um pouco zonza. — Você espera que as palavras tenham soado enroladas apenas na sua cabeça.

— Por que você não senta? — Billy te acompanha até um lugar onde estão alguns dos amigos tontos dele, um bando que usa boné de beisebol com a aba virada para trás e masca tabaco. Algo nos olhos dele diz que não vai demorar muito para ele tentar te agarrar. Apesar do seu estado, você sabe que a Libby ia ter um treco se visse você com o Billy. Mas então você se lembra do modo como ela fez você dispensar o Walter. Bem feito para ela?

Você está a fim de...

→ sentar ao lado do Billy. A Libby não manda em você, e você está se sentindo zonza demais para conseguir parar em pé. Siga para o snapshot #28 (página 140).
OU
→ continuar procurando uma amiga — de preferência uma que esteja disposta a cuidar de você. Deixe o Billy para a Libby. Um erro não justifica o outro. Siga para o snapshot #29 (página 144).

SNAPSHOT! #15

Sábado, 15 de fevereiro, 20h45
Festa na floresta

— Você acha que o Billy está ficando com alguém? Ou quem sabe ele trocou de telefone e por isso não recebeu minhas mensagens? — a Libby pergunta, debatendo-se como louca nos galhos dos pinheiros. Será que a garota já pisou em uma floresta antes? Será que não percebe o que está dizendo? Você anota mentalmente para enviar uma mensagem anônima para a caixa de correio dela: "Ele não está tão a fim de você".

— Minha irmã Caroline conhece o irmão mais velho dele, o Jackson — a Annabel diz, escolhendo as palavras com todo cuidado. — Ele é um ano mais velho do que ela. Ela, hum, não falou muito bem dele. Aparentemente ele é do tipo que não trata muito bem as garotas...

— Bom, esse é o irmão dele — interrompe a Libby. — O Billy tem sido supergracinha.

Por acaso ele foi supergracinha quando enfiou a língua dentro da boca da Libby por duas horas na festa das finais de inverno e depois não ligou mais? A Libby pode até ser uma das melhores alunas, mas às vezes é muito burra. Você ainda está brava por ela ter feito você dar um perdido no Walter. Será que teria sido um sacrifício tão grande assim ter deixado o seu amigo vir junto? Agora tudo que ela faz ou diz parece irritar você profundamente. Talvez fosse melhor você tomar algo, só para tentar melhorar um pouco o seu humor.

— Ei, cuidado! — Um galho escapa da mão da Libby e acerta seu rosto. Nem chega a doer, mas você fica feliz com a desculpa para poder gritar com ela.

— Ah, desculpa... mas não consigo enxergar nada! — Como ninguém tem lanterna, vocês estão se guiando pela trilha na floresta apenas com a luz dos celulares.

— Fica atrás de mim, então! — você grita, passando na frente quando ela sai de lado.

— Não sei por que você está tão brava — Libby resmunga quando você passa. — Só porque eu não quis aparecer com o nerdão do Walter...

— Ele não é nerdão! — você berra de volta.

— Libby, para com isso. Ele não é. — O tom bravo da Annabel faz com que ela se cale na hora. As quatro seguem em silêncio por um tempo. É imaginação sua ou a Annabel parece estar um pouco aborrecida com algo? Tirando a boa vontade quando ajudou você a se vestir, ela passou o dia um pouco distante.

— Nova mensagem! — grita a Libby, agarrando-se à esperança ridícula de que pode ser do Billy. Enquanto olha para a tela do celular, ela acaba tropeçando em uma raiz. Antes que você consiga se firmar, ela te empurra para frente, fazendo com que você trombe na Spider. Em seguida vem um baque e um estrondo quando as três caem no chão e os celulares saem voando em todas as direções. Parece um jogo de dominó, e Annabel é a única a ficar em pé na trilha estreita e sinuosa. Sem a luz fraca dos celulares, vocês ficam em total escuridão.

— Vocês estão bem? — pergunta Annabel, aflita. Ui! Você esfolou a palma das mãos ao cair.

— A minha meia-calça rasgou! Como vou chegar assim? — Libby faz beicinho e sai à procura do celular dela. Nenhum pedido de desculpas, nenhum. Você sente vontade de matá-la.

— *Você* está bem, Spider? — pergunta você, incisiva, enquanto se levanta. Ela ainda está no chão, segurando uma perna. Você se aproxima e ela deixa escapar um gemido. — Você machucou a perna?

— Merda — Spider diz com a voz tensa. Você a ajuda a ficar em pé, mas ela não consegue colocar o peso sobre a perna machucada. — Caí de mau jeito. — O modo como ela fala indica que está sentindo muita dor. Por um momento você fica feliz pela escuridão, pois assim ela não pode ver sua cara de pânico.

Annabel assume o controle da situação.

— Precisamos levar a Spider para o hospital. Eu seguro pelas pernas e vocês duas pelos ombros. Vamos ter que te carregar, Spider. Fique tranquila, não vamos balançar muito a sua perna. Vou telefonar para a ambulância e pedir para esperarem a gente lá no começo da trilha.

Você passa o braço por baixo do ombro da Spider e cruza com o da Libby na altura do cotovelo, formando uma rede. Ninguém diz nada, mas todas estão pensando a mesma coisa: um osso quebrado pode tirar Spider do time por toda a temporada de primavera. Para ela, parar de praticar esporte é o mesmo que parar de respirar.

— Está doendo muito? — você pergunta, com o coração na boca. Coitada. Spider é muito forte, e as lágrimas são um sinal de que a dor deve estar insuportável.

— Não, eu só... Gente, se eu não puder jogar, não sei se vou poder continuar na Kings. — Spider fala rápido, as palavras escapando da boca como o ar vazando de um balão. — Eu não quis contar antes porque fiquei com vergonha, mas as minhas notas não estão nada boas desde o último semestre. — Ela inclina a cabeça levemente. — O técnico teve de implorar para me darem mais uma chance. E meus pais piraram. Se as minhas notas não melhorarem na recuperação, perco a bolsa de estudos. Não é só pelo dinheiro. Se quisessem, meus pais poderiam pagar. Mas como eles acham que eu tenho vadiado, ou sei lá, eles não vão querer. Eles nem imaginam como essa escola é difícil. Não sou tão inteligente quanto vocês, simples assim. E, se eu não puder jogar, é pouco provável que a escola me deixe continuar por aqui. — É tão estranho ver Spider chorando que você fica até arrepiada. Você e Libby fazem um carinho nela.

Você é a primeira a falar.

— Spider, não acredito que você carregou todo esse peso sozinha e não disse nada! Você sabe muito bem que podemos te ajudar a melhorar suas notas. Vamos fazer o possível para você sair dessa, eu prometo.

— Claro — diz Libby em seguida, e, por um segundo, você deixa de odiá-la.

— Nós sabemos como é difícil — Annabel completa. — Todo mundo precisa de ajuda em algum momento. Não tem nada de vergonhoso nisso.

Minutos depois, vocês avistam ao longe as luzes da ambulância que a Annabel chamou. Ninguém diz nada sobre o que vai acontecer em seguida. Como vocês vão explicar o fato de estarem no meio da floresta, às dez horas da noite? Nenhuma história parece ser convincente. Mas o importante é levar a Spider para o hospital.

Carros passam zunindo pela estrada. Logo em seguida, chega a ambulância, com três paramédicos e... o diretor Fredericks. Claro que ele foi avisado quando uma aluna da Kings solicitou uma ambulância para buscá-la no meio do nada. Você sente um aperto no estômago. Não é preciso nem chegar perto para perceber que ele está furioso.

— É melhor vocês me contarem o que está acontecendo, e é melhor que seja a verdade, e é melhor que seja *agora* — ele berra enquanto a Spider é colocada na maca.

Você está a fim de...

→ dizer tudo. Contar sobre a festa é suicídio social, não resta dúvida, mas é melhor que ser expulsa.
Siga para o snapshot #30 (página 148).

OU

→ inventar uma história sobre vocês terem imaginado que uma trilha noturna seria uma experiência que as uniria, e rezar para que ele acredite. Siga para o snapshot #31 (página 151).

SNAPSHOT! #16

Sábado, 15 de fevereiro, 23h30
Casa Pennyworth

Como sempre, Annabel dorme pesado enquanto passa *Saturday Night Live*. Esta noite você agradece por ela ter apagado, pelo bem de vocês duas. Os olhos dela estão vermelhos e inchados de tanto chorar. Você imagina como deve ter sido difícil o fim do namoro para ela. Henry foi o primeiro amor da Annabel, e ela pensou que fosse durar para sempre. Ingênua, talvez, mas você entende direitinho. Quem não ia querer ficar com o Henry para sempre?

Você recolhe os lenços úmidos espalhados pelo sofá ao redor dela e joga tudo no lixo, antes de se dar conta de que seus olhos também estão marejados. Será que você cometeu um grande erro ao prometer que nunca se envolveria com o Henry? Pareceu ser a coisa certa a fazer — sério, a única opção que lhe restou — quando você viu a Annabel naquele estado. Mas, assim que as palavras "eu prometo" saíram da sua boca, você sentiu um peso no coração. Agora parece que está sofrendo por um namoro que nunca teve nem chance de começar. E também está se sentindo profundamente frustrada, por saber que havia uma chance de ficar com o cara dos seus sonhos, mas que acabou não rolando.

E por causa da Annabel.

Você olha para sua melhor amiga, que está dormindo, e sente um grande ressentimento. A vida toda, a Annabel sempre recebeu tudo de bandeja. Sempre teve tudo o que quis, e com a maior facilidade. Será que a tristeza por perder o Henry tem a ver com coração partido — ou será que é a reação de uma garota que está acostumada a ter tudo do jeito dela? Você nunca achou que a Annabel fosse uma garota mimada, não mesmo, mas será que ela não é? Até a generosidade dela de repente é vista de outra maneira. Não é muito difícil emprestar algumas peças quando todo mês você pode comprar muito mais roupas do que alguém seria capaz de usar. Quando se tem o cartão de crédito do papai e se pode ir para Boston com a Libby para fazer compras sempre que der na telha.

Quando a Libby chega na ponta dos pés, com todo cuidado para não acordar a amiga, você fica feliz pela distração.

— Como foi a festa? — você pergunta.

Ela dá uma olhada no corpo largado da Annabel.

— Eu odeio o Billy Grover. E odeio duas vezes mais a Oona de Campos. Eles ficaram se pegando de um jeito nojento.

— Não sei o que você viu nele — você diz. — Mas aqueles dois se merecem.

Ela se joga no sofá ao seu lado. Annabel está na outra ponta.

— A Taylor Swift é a convidada de hoje? — sussurra Libby, pegando uma batata do seu saquinho. — Que vestidinho florido cafona é esse que ela está usando?

— Ela está interpretando um personagem, Lib — você responde, pegando um salgadinho também. — É um quadro de comédia.

— Você sabe que ela adora usar esses vestidos na vida real.

— Ei, por falar em roupas estranhas, qual era a da Margot com aquela calça de paetê? Paetê no mato? — Quem é você para bancar a vigilante da moda, mas é gostoso jogar conversa fora. Se distrair com uma fofoca. E parar de pensar na Annabel.

— Totalmente maluca. Ah — Libby dá um tapinha no seu braço —, eu ia te contar, o Crosby Wells parecia triste depois que você foi embora. E perguntou o seu sobrenome para a Spider. Com certeza ele vai te ligar!

Crosby. Você tenta reviver um pouco da empolgação que sentiu quando estava com ele. Amanhã, quem sabe, depois de uma noite de sono, você consiga sentir novamente. Amanhã, quando você encontrar um jeito de esquecer o Henry, esquecer a possibilidade de que algo pudesse ter acontecido entre vocês dois.

— Cadê a Spider? — É estranho a Libby ter chegado antes.

— Não faço a menor ideia. — Libby pega o celular e envia uma mensagem. — Ela não estava mais na festa quando eu saí. A vida secreta de Spider Harris. Você percebeu como ela tem andado esquisita ultimamente? Quer dizer, mais esquisita que de costume.

— O que você quer dizer?

— Você sabe. Anda cheia de segredinhos. Sempre leva um susto quando eu entro no quarto.

— Talvez ela só queira um pouco de privacidade. — Talvez, como você, Spider de vez em quando precise de um momento só dela. Você adora suas amigas, mas às vezes cansa ter alguém sempre por perto. Para quem é filha única, tem sido uma adaptação difícil. Você estica as pernas sobre a mesa de centro esmaltada que a decoradora da sra. Monroe trouxe de uma loja exclusiva de Los Angeles.

— Talvez — diz Libby. — Mas acho que ela está escondendo alguma coisa.

Quem não está?, você se pergunta. Annabel se mexe dormindo, incomodada por um pesadelo. *Sério, quem não está?*

FIM

SNAPSHOT! #17

**Domingo, 16 de fevereiro, 10h14
Refeitório Hamilton**

A princípio, você pensa que é coisa da sua cabeça. Por que suas amigas resolveram ignorar você tão de repente? A Tommy e a Lila agem como se não tivessem te visto na fila da omelete e correm para pegar o café. Quando você chama, elas dizem um "oi" sem graça antes de cair fora. Você imagina que talvez elas só estejam cansadas. De ressaca. Mas, quando você vai atrás delas até a mesa e se senta ao lado da Lila — assim como costuma fazer todas as manhãs —, elas trocam olhares estranhos e resolvem levar o café "para viagem". Depois saem apressadas. O refeitório está cheio, mas você está sentada sozinha.

Acostume-se com a solidão, menina.

Voltemos doze horas no tempo, para aquele momento estranho na floresta quando você foi forçada a escolher entre a sua lealdade à Annabel e a sua própria felicidade. Você fez de tudo para não responder, mas ela pressionou. Até que finalmente, é claro, você disse que nunca teria nada com o Henry — isso se ele realmente estivesse interessado, o que era um imenso se. Mas a Annabel não ficou satisfeita. Mais uma vez, ela pediu que você prometesse que *nunca* ia ficar com ele. Nunca? Tudo o que você fez foi repetir a palavra, e ela ficou histérica.

— Por que você não pode prometer? Você também está apaixonada por ele? — Ela falava como uma louca, num estado em que você jamais imaginou ver Annabel. — Já aconteceu alguma coisa entre vocês dois?

— Claro que não!

Mas já era tarde, não tinha mais jeito. Annabel não podia nem olhar para você. Ela saiu correndo pela floresta, e dessa vez você não tinha esperança de conseguir alcançá-la.

Pelo jeito, ela telefonou para Libby quando estava indo embora, pois sua outra companheira de quarto chegou logo depois na Pennyworth.

— Nem fala comigo! — Libby berrou na sua direção quando entrou pela porta num rompante e encontrou você na sala de estar e Annabel trancada no quarto. — Você é uma vadia. — E com isso foi para o quarto dela. — Annie? Sou eu, querida. — Na hora a porta foi destrancada e Annabel surgiu com o rosto vermelho e inchado de tanto chorar. Você continuou no sofá. Afinal, o que mais poderia fazer?

Será que teria sido melhor mentir para Annabel? Ou fazer uma promessa falsa?

Mais cedo, naquela mesma manhã, antes de ir para o refeitório para ser rejeitada por Tommy e Lila, você cruzou com Spider no corredor, a caminho do banheiro.

— Fiquei sabendo o que aconteceu — disse ela com uma cara triste e confusa. — Sei que você estava tentando ser honesta, mas fala sério... A Annabel ficou muito magoada.

Você se sente mal por ter feito uma péssima escolha. Uma escolha que magoou. Você deveria ter tranquilizado Annabel — afinal, era disso que ela precisava — e retomado o assunto em outra oportunidade, depois que ela tivesse se recuperado. Talvez não fosse tão honesto, mas você deveria ter dado um tempo para ela se refazer antes de abrir a possibilidade de sair com o ex dela. Agora você pode ver tudo claramente, mas o estrago já foi feito. E você está sentindo a perda da sua melhor amiga, e nunca imaginou que pudesse doer tanto.

Sentada sozinha à imensa mesa do refeitório, você tenta comer um pouco de ovos mexidos antes de seu telefone vibrar mostrando uma mensagem de texto. Você dá uma espiada na tela, descobre que é do Henry e seu coração para de bater por um momento.

> Glory Days em 15 minutos?

Seu coração vai parar na garganta, e mais que depressa você responde que está indo para lá.

↳ Será que vai rolar? Siga para o snapshot #17A (página 86) para descobrir.

SNAPSHOT! #17A

Domingo, 16 de fevereiro, 10h35
Lanchonete Glory Days

Na ruazinha que fica entre a Glory Days e a livraria, você para a fim de dar uma ajeitada nos cabelos e se acalmar um pouco. O que será que vocês vão dizer um para o outro? Será que as suspeitas da Annabel estavam certas? Você reza para que ninguém veja vocês dois juntos. Isso acabaria de vez com a amizade com Annabel. Você se enche de coragem, entra na lanchonete e na hora vê o Henry sentado em um dos sofás. Assim como você, ele também não parece ter dormido muito na noite anterior.

— Oi — ele diz enquanto você se senta no sofá da frente. — Que noite, hein? Obrigado por ter vindo.

— De nada — você responde. — Como você está?

— Já estive melhor. Como está a Annabel?

— Da última vez que verifiquei, ela estava chateada. — *Com nós dois*, você pensa, mas não fala.

Sua resposta não teve ter sido nenhuma surpresa, mas o fato de ouvir em alto e bom som mexe com Henry.

— Eu nunca tive a intenção de magoar a Annabel.

Falar sobre ela faz com que você se sinta desleal. Com certeza você não deseja passar uma imagem dela como alguém digna de pena ou vítima de uma paixão.

— Tenho certeza que a Annabel só precisa de um tempo — você diz, como se fosse muito experiente.

Henry parece um pouco aliviado.

— Claro. — Ele limpa a garganta. — Hum, ela falou algo sobre por que terminamos?

É agora: a pergunta que martelou na sua cabeça a noite toda. Será que Henry está interessado em você? Será que foi você o pivô do término do namoro da sua melhor amiga?

— Por alto — você responde. — Ela só disse que você queria ficar com outras pessoas.

Henry balança a cabeça devagar, escolhendo as palavras.

— Na verdade, eu estou a fim de outra pessoa. Faz um tempo. — Ele olha no fundo dos seus olhos e você tem a sua resposta. Henry Dearborn está falando de você. Parece que todo o ar escapa da lanchonete. — Não quero te colocar numa situação difícil, mas preciso te dizer o que eu sinto...

— Não, Henry. — Você o interrompe no meio da confissão e se inclina para tocar na mão dele. — Escuta, estou me sentindo extremamente lisonjeada. E, se fosse em outra circunstância, eu ficaria muito feliz. Mas a Annabel é realmente muito importante para mim. Os sentimentos dela vêm em primeiro lugar agora.

— Eu imaginei que você fosse dizer isso. Não, eu *sabia* que você ia dizer isso. Uma das coisas que eu mais gosto em você é a sua lealdade aos amigos. Espero que você não esteja brava comigo por ter tocado nesse assunto.

— Tudo menos brava.

— Se você se sentir desconfortável, sabe, em continuarmos trabalhando juntos no jornal, pode trocar de editor. — Henry parece triste. — É claro que eu vou entender.

— Henry, nós ainda somos amigos. E eu não vou abrir mão de trabalhar com o melhor editor da equipe. Desculpa, mas você está preso a mim.

Betty, a sua terceira garçonete preferida, se aproxima da mesa para pegar o pedido.

— O de sempre? — ela te pergunta, colocando mais café na xícara de Henry.

— Você costuma comer sempre a mesma coisa? — Ele sorri. — O que é?

— Não vai me julgar. — Você aponta para o cardápio. — O Big Boy especial. Panquecas, ovos e batatas hash browns.

— Estou impressionado. — Ele ri.

Betty bate impacientemente com o lápis no bloquinho, apesar de a lanchonete estar totalmente vazia.

— Na verdade, é melhor eu ir andando — você diz para Henry. Não parece certo ficar e tomar café da manhã com o cara que...

— Tudo bem. Nos vemos na reunião de quinta.

Você acena para ele e segue em direção à porta, sentindo-se mais leve do que quando chegou. Vocês dois disseram o que precisava ser dito. Você se sente bem com o modo como as coisas foram colocadas. E não consegue segurar a sensação de estar flutuando depois do que o Henry disse que sente por você. Talvez, no fim, depois que a Annabel tiver se refeito e a poeira tiver baixado, você e o Henry possam retomar essa conversa e ver no que vai dar. Mas, por enquanto, você tem uma amizade a zelar.

↳ Siga para o snapshot #17B (página 89).

SNAPSHOT! #17B

Quinta-feira, 5 de junho, 21h05
Em frente à Casa Pennyworth

Seu pai ajuda você a colocar a última mochila no porta-malas da perua. O pátio está lotado de pais. A maioria veio dar uma mão na mudança dos filhos. O primeiro ano chegou ao fim, por mais difícil que seja acreditar. Está na hora de ir para casa para um verão relaxante, lendo na rede e trabalhando em um acampamento infantil. Você nunca imaginou que fosse ficar tão animada em voltar para a sua cidade, mas esse é o antídoto perfeito para um semestre estressante — ou no mínimo agitado.

— Tudo bem se eu for me despedir rapidinho das meninas? — você pergunta, e seu pai assente enquanto termina de acomodar suas coisas no banco de trás do carro para poder fechar as portas. Sua mãe não pôde tirar o dia, por isso você só vai vê-la dentro de algumas horas.

Ao longo dos últimos meses, você fez de tudo para conseguir recuperar a amizade da Annabel. As coisas nunca mais serão como antes, mas pelo menos a amizade não foi totalmente abalada. Depois que Annabel aceitou seu pedido de desculpas, todas as outras amigas também te aceitaram de volta. Você nunca vai esquecer a rapidez com que todas tomaram o partido de Annabel — como nem se deram ao trabalho de ouvir o seu lado da história. Mas você não sabe se as culpa por isso. Escolher Henry em vez de Annabel teria sido uma atitude extremamente insensível, até mesmo cruel, com uma amiga que sempre foi muito gentil e generosa.

— Você está indo embora, menina? — pergunta Spider ao passar por você na escada, carregando uma caixa de papelão enorme, cheia de livros. Ela coloca a caixa no chão e lhe dá um abraço apertado. — Vou te visitar nas férias, assim que os treinos terminarem. — Spider vai passar um tempo das férias de verão treinando duro para os vários esportes que pratica. Ela vai voar por todo o país para trabalhar com os melhores técnicos.

— É melhor você ir mesmo — você responde, apesar de saber que vai tentar dar um jeito de cair fora quando chegar o momento. Hope Falls pode até ser o seu lar, doce lar, mas você não tem certeza se ia se sentir confortável com Spider te visitando. Só de pensar, você já se sente vulnerável. E, apesar de Spider ser super na dela e nunca julgar ninguém, você não gosta da ideia de ter alguém da Kings vendo a casinha da sua família, ou a decadência da sua cidade, ou a mercearia onde a sua mãe trabalha como caixa. Por que deixar que elas descubram o seu segredinho — que, não importa quanto você aja como se fizesse parte da Academia Kings, no fundo você está fingindo? Vocês pertencem a mundos diferentes.

No quarto, no andar de cima, Libby dá ordens para dois funcionários de uma empresa de mudanças. Você a interrompe para dizer "tchau", e ela lhe dá um abraço e um beijo em cada face. Não tem como negar que a sua amizade com a Libby mudou, e que ela sente o mesmo, mas não tem por que não ser *amigável*.

No quarto de vocês, Annabel dobra cuidadosamente as roupas dela e as acomoda dentro da mala de grife T. Anthony.

— Vou sentir saudade do nosso quarto — diz ela, e de repente você também fica sentimental. Vocês trocaram tantas confidências nesse beliche. Começaram tantas noites divertidas, ouvindo música no último enquanto se arrumavam nesse espacinho, dividindo o espelho de corpo inteiro que fica na porta do armário. Apesar de todos os altos e baixos que aconteceram ao longo deste ano, você vai olhar para trás e sentir saudade do tempo que passou ali com a Annabel. Afinal, foi por causa dela que você se afastou do Henry. Uma decisão da qual nunca se arrependeu, nem durante aquelas noites intermináveis trabalhando no jornal, enquanto você podia sentir a presença dele no outro extremo da sala.

— Promete que vai me ligar quando chegar em casa, Annabel? — você pergunta e a abraça. — Vai ser tão esquisito dormir à noite sem antes bater um papinho com você...

— Nem me fale...

A Annabel tem falado sobre um cara fofo que ela vai encontrar nas férias em Maine. Ela parece bastante animada com ele. Quem sabe? Talvez o seu momento com o Henry chegue mais cedo do que você imagina.

FIM

SNAPSHOT! #18

Sábado, 15 de fevereiro, 22h20
Casa Moynihan

— Escrevi essa música no verão passado, em Southampton — diz o Crosby, pegando outra guitarra. O quarto dele na Casa Moynihan é menor que o de vocês, mas é bem mais disputado. Está abarrotado de equipamentos de som, instrumentos musicais e pôsteres de shows — coisas legais, mas você é obrigada a admitir que tudo aquilo te deixa um pouco claustrofóbica. Ou talvez seja só nervosismo. Você nunca ficou sozinha no quarto de um cara antes — tirando o do Walter, claro, mas isso não conta. — Eu me inspirei em uma garota que conheci. Rolou um lance legal entre a gente, mas aí a família dela voltou para o Texas e a gente nunca mais se viu.

Lance legal? Você nem sabe o que dizer. Foi muita informação sobre outra garota, mas você tenta deixar para lá enquanto ele toca as primeiras notas de "Todos pensam que a conhecem", a sua música favorita da banda Cachorro Chamado Rex. Ou quase isso — a melodia é bem parecida, ele só mudou a letra. As mãos de Crosby deslizam facilmente sobre as cordas, e ele começa a cantar. Uau. A voz dele é muito boa — talvez não tão boa quanto a de um participante da terceira etapa do *American Idol*, mas é boa. Você mal pode acreditar que Crosby Wells está fazendo um show particular para você. Você tenta esquecer que a letra da música conta a história de uma garota muito gata que ele não consegue tirar da cabeça. Crosby cantarola sobre rolar nas dunas de areia e mergulhar nu na praia Cooper. Quando ele chega no trecho que fala sobre tirar a parte de cima do biquíni branco da garota, você sente o rosto ficar vermelho.

— O que você achou? — ele pergunta quando a música termina, batendo no lugar vago da cama, coberta por uma colcha de jacquard. — Ei, você está muito longe.

— Você é muito talentoso — você diz, o que é verdade, e se senta ao lado dele. É difícil definir o motivo exato do seu nervosismo. É difícil se sentir especial quando ele acabou de cantar uma música sobre outra garota. Ou você só está ansiosa porque está interessada nele? Ou porque é esquisito estar sozinha no quarto de um cara? E ainda por cima um cara gato do último ano?

— Obrigado — ele responde, feliz com o elogio. — O que você achou da música? Andei escrevendo mais algumas coisas.

— Você está se referindo à letra? — É estranho responder à pergunta. — Bom, parece que você gostava muito dela.

— De quem?

— Da garota da música. Hum, da garota do "biquíni branco". — Você sente vontade de entrar embaixo da colcha para esconder as bochechas vermelhas.

Crosby balança a cabeça como se nem tivesse pensado nisso.

— Eu a conheci por um motivo. Essa música precisava nascer. Tudo serve de inspiração para a minha música.

— Se você gosta da Cachorro Chamado Rex — você diz, mudando de assunto antes que ele tenha oportunidade de fazer outra declaração pretensiosa —, então vai adorar uma banda que eu ouvi em Providence no verão passado...

— Como você sabe que eu gosto da Cachorro Chamado Rex? — Crosby pergunta, parecendo ligeiramente surpreso.

— Ah, é que... a música...

Agora ele parece realmente perplexo.

— O que tem a música?

— Hum, a melodia não é a mesma da "Todos pensam que a conhecem"?

Crosby dá um pulo e corre até o iPod, com as sobrancelhas cerradas.

— Do que você está falando? Não é não. — Ele procura pela música e então aumenta o volume. O coro inconfundível ecoa pelo quarto, e ele arregala os olhos ao perceber. — Droga — ele diz. — Droga, droga, droga. — E passa as mãos pelos cabelos compridos. — Eu pedi para o meu pai mandar a gravação para um amigo dele na Sony! — Então ele corre até a escrivaninha e começa a discar alucinadamente. — Pai? Desculpa te acordar... Desculpa, eu não sabia que você estava em Londres... Pai, diz que você ainda não mandou aquela música para o Dirk!

Ele esqueceu completamente que você estava lá. Você deu o seu primeiro beijo menos de uma hora atrás, e agora está invisível para ele. Enquanto Crosby fala ao telefone, você se levanta e vai embora. O que mais lhe resta fazer? Crosby nem percebe que você se foi. Uau.

É difícil não se sentir uma fracassada no caminho de volta para casa. Você está subindo os degraus da Pennyworth quando Henry Dearborn abre a pesada porta de carvalho da frente. Ele parece aborrecido e, quando a vê, força um sorriso.

— A Annabel está bem? — você pergunta.

— Hum, sim, ela está lá em cima. — Henry passa apressado por você, descendo os degraus, então olha por cima do ombro. — Desculpa pela minha atitude estranha mais cedo. Não é da minha conta se você e o Crosby...

— Ah, aquilo não deu em nada. — Você percebe que está feliz por não ter dado, mesmo que tenha arrasado o seu ego.

Mais cedo ou mais tarde você acabaria descobrindo que Crosby não gostava de você. Melhor agora que depois. — A gente se vê na reunião de quinta.

— Tudo bem — Henry assente e enfia as mãos nos bolsos. — O Crosby não é um mau sujeito. É um pouco egocêntrico, talvez, mas não é um mau sujeito. Só acho que você merece alguém melhor. Alguém que realmente goste de você.

Antes que você tenha tempo de responder, Henry desaparece na escuridão do pátio. A conversa rápida deixa você com o espírito mais leve, e pensamentos estranhos passam pela sua cabeça. Pensamentos sobre o que aconteceu de verdade na fogueira, sobre o motivo que levou Annabel a ficar tão brava.

E então, quando você entra e encontra a Annabel chorando no sofá, cercada de lenços de papel encharcados, você não fica surpresa. Apesar de desafiar as leis da razão, você tem certeza absoluta de que o Henry terminou com a Annabel porque ele sente algo por você. Você simplesmente sente. Isso explica a reação dele quando te viu com o Crosby. Pode explicar até mesmo por que ele foi indicado para revisar todos os artigos que você escreve para o jornal — talvez ele tenha se oferecido para assumir a função. E, apesar de isso fazer com que você se sinta uma péssima pessoa, o pensamento atinge um nível involuntário de euforia. Ficar com o Henry é um sonho que você nunca se permitiu ter. Não que isso vá acontecer. Seria devastador para a sua melhor amiga. Uma coisa é passar por um término de namoro — outra é ver o seu ex saindo com a sua melhor amiga e não poder fazer nada. Mesmo assim, só de saber que o Henry pode gostar de você é demais.

Você chacoalha a cabeça, tentando se livrar desses pensamentos. Talvez você não possa controlar seus sentimentos, mas pode controlar suas *atitudes*. Pode ser a amiga que a Annabel precisa que você seja neste exato momento.

— Você está bem? — você pergunta, sentando no sofá e pousando um braço no ombro dela.

— Não muito — ela responde. — O Henry e eu terminamos. É maluco. De repente, tudo começou a desmoronar.

— Você quer conversar sobre isso?

— Talvez amanhã. Agora estou tão cansada que mal consigo formar as palavras. Mas me conta sobre o Crosby. O que aconteceu depois que eu fui embora? Vocês formam um belo casal.

Você conta tudo para ela, incluindo a decepção do final.

— Acho que a maldição do amor da Libby era mentira — murmura Annabel, recostando a cabeça em uma almofada. — Sério, dava para nós duas termos *menos* sorte no amor esta noite?

Você concorda, mas no fundo imagina se a sua sorte não está mudando. Talvez um dia, depois que a Annabel estiver totalmente recuperada do término do namoro, você tenha uma chance de ficar com o cara dos seus sonhos.

FIM

SNAPSHOT! #19

Sábado, 15 de fevereiro, 22h05
Festa na floresta

— Spider! Espera! — Você corre até o começo da trilha e dá um puxão no ombro da sua amiga antes que ela se embrenhe sozinha pela floresta escura. Você recusou o convite do Crosby para ir para o quarto dele. Ele estava avançando rápido demais, além de o Henry não sair da sua cabeça. Se tiver de ser, você terá outra chance com o Crosby. — Você está indo embora?

Ela parece agitada.

— Ah, hum... estou.

— Sozinha? Espera, eu vou com você para casa. — Você não tem motivos para ficar na festa, especialmente sem a Annabel e agora sem a Spider. Mas será que é impressão sua, ou a Spider não está muito feliz com a sua companhia?

Deve ser impressão sua. Por que sua amiga ia querer voltar sozinha pela floresta assustadoramente escura?

Vocês saem juntas, e a Spider está mais calada que de costume, deixando você tagarelar sobre a festa. Ela dá uma olhada no celular enquanto vocês caminham, como se estivesse esperando uma ligação. Quando finalmente chegam ao campus, você vira na direção da Pennyworth — mas a Spider não.

— Hum, o negócio é o seguinte. — Ela chuta umas pedrinhas. — Na verdade, eu estou indo para a Moynihan para me encontrar com alguém. Uma pessoa amiga. Bom, talvez mais que isso. Não tenho certeza, sabe?

Ah!

Agora você entendeu o que está acontecendo.

Ela parece tão sem jeito que você sente vontade de se aproximar e lhe dar um abraço. Este é um grande momento. Você consegue ouvir o que ela não está dizendo: que ela está indo se encontrar com uma *amiga*, uma garota. Do contrário, por que ela ia ficar sem jeito para falar sobre esses planos? Talvez Spider esteja prestes a sair do armário, mas cabe a você fazer com que ela se sinta à vontade.

— Essa pessoa é alguém que eu conheço? — você pergunta, tentando ajudá-la a se soltar.

— Talvez, não sei.

— Seja quem for, tenho certeza que ela deve ser muito legal. — Pronto. Você disse, agora ela não precisa dizer. Agora ela sabe que você não tem problema com isso...

— *Ela?* — Spider arregala os olhos, parecendo ao mesmo tempo surpresa e divertida. — Estou indo me encontrar com o Dexter Trent. Ele joga no time masculino de futebol. Estamos tentando manter tudo em segredo para que nossos companheiros de time não façam um alarde. Você pensou que eu fosse lésbica?

— Na verdade, não pensei nada... Eu só não sabia.

Spider cai na gargalhada.

— Só porque eu sou fanática por esportes e não uso salto alto nem sutiã com bojo no sábado à noite, não significa que eu seja lésbica. Sem essa, menina, que estereótipo!

— É que você nunca falou sobre meninos! Escuta, de qualquer maneira isso não faz a menor diferença para mim. Eu só pensei que talvez você pudesse ser.

— Bom, você está certa quanto ao fato de eu não ter muita experiência com meninos. — O nervosismo voltou. — O Dexter é incrível, mas estou apavorada. Não faço a menor ideia do que ele espera de mim...

Você balança a cabeça, agora entendendo o verdadeiro motivo do desconforto dela. Sua amiga superautoconfiante está fora da zona de conforto.

— Não importa o que ele espera de você, Spider. O que importa é que você se sinta confortável. Isso pode significar só um bate-papo. É você quem dá as cartas, amiga.

— Acho que sim. — Ela muda o peso do corpo de um pé para o outro. — Só acho meio estranho ir bater na porta do quarto dele. Mas ele me mandou uma mensagem me convidando.

— Por que você não diz para ele te encontrar na Glory Days, então?

— Eu te disse, a gente não quer que os outros fiquem falando do que está rolando entre a gente. As meninas do time não iam deixar passar.

Você entende o que ela quer dizer. Além de jogar futebol, a atividade preferida do time parece ser provocar, zoar e aprontar umas com as outras.

— Então convide o cara para ir para a nossa casa. Vocês podem ficar na sala, e eu vou para a Glory Days para vocês ficarem a sós. Tenho certeza que a Annabel está com o Henry.

— Sério? — Você percebe que Spider se sente aliviada na hora com a ideia de ficar no terreno dela. — Tudo bem, vou fazer isso. — Mais que depressa ela envia uma mensagem. — Tem certeza que você não se importa de ficar um tempo na lanchonete? Estou me sentindo mal por chutar você para fora de casa. Você pode ficar com a gente se quiser. Quer dizer, isso se ele for.

— O celular acende com uma nova mensagem, e, enquanto lê,

o rosto dela se ilumina com um sorriso. — Ele vai pra lá em vinte minutos!

Você pousa o braço sobre o ombro dela e as duas seguem felizes para a Pennyworth.

— Você dá as cartas, Spider — você a lembra, antes de tomar o rumo da porção de fritas com queijo e do milk shake.

Assim como ela, você também dá as cartas. Só porque o Crosby estava a fim de você e avançou com muita rapidez, não significa que você tenha de entrar na dele. O fato de saber que você foi fiel aos seus princípios e simplesmente não permitiu que um cara mais velho e muito gato decidisse o que ia rolar faz com que você se sinta confiante. Foi preciso muita força para fazer essa escolha.

FIM

SNAPSHOT! #20

Domingo, 16 de fevereiro, 00h04
Oberon

A pista de dança está lotada, mas você e Walter conseguem arrumar um lugarzinho perto de um grupo que parece um bando de modelos. De saltos altíssimos e vestidos minúsculos, elas mexem o corpo de gazela no ritmo da batida, no mesmo nível dos olhos do Walter e muito acima dos seus. *E daí se elas são de arrasar?*, você pensa consigo mesma, impondo-se em seus sapatos Steve Madden. Afinal, elas vivem disso. Provavelmente nem têm cérebro dentro daquelas cabecinhas. Provavelmente...

— Você leu a coluna do Friedman de hoje? — Você não consegue resistir à tentação e acaba ouvindo a pergunta que uma das modelos faz para a amiga. A pele dela é lisinha e brilha como ébano, e a cabeça é praticamente raspada — um visual que somente uma mulher muito linda pode usar.

— Li, mas não sei se concordo com ele sobre parar de enviar ajuda ao Paquistão. Com isso ele está equiparando o Serviço de Inteligência ao governo paquistanês, e não tenho certeza se isso é cem por cento justo.

Ah, calem a boca, modelos, você pensa.

— Você está se divertindo? — pergunta Walter, que nem parece se dar conta das "glamazonas" ao redor. Para sua surpresa, ele te agarra e te puxa para mais perto. E, para sua grande surpresa, você gosta. Você sente o perfume de sabonete na pele dele. Dove. Você usa o mesmo, mas o perfume fica um pouco diferente nele.

— Você está muito linda hoje — ele diz.

De novo. O friozinho, parte dois, você pensa.

Walter é um ótimo dançarino, você se dá conta ao acompanhar o ritmo dele. Está tão apertado que seus corpos acabam se esbarrando sem querer. É estranho como isso não parece estranho. Como é fácil esquecer que o Walter é o *Walter*. Talvez seja porque você bebeu vários martínis, mas, quando entrelaça os braços ao redor do pescoço dele e a música nova do Kanye começa a tocar, a sensação é legal... um pouco excitante, até. Será que está rolando um clima romântico com o seu melhor amigo?

Antes que a pergunta assente na sua cabeça, ele te envolve em um beijo.

— O que você está fazendo? — Você se afasta, apesar de o beijo ter sido surpreendentemente bom. Nem suave demais, nem bruto demais. Na verdade, foi perfeito. Muito melhor do que você esperava que pudesse ser o seu primeiro beijo.

— Te beijando — Walter deixa escapar um sorrisinho engraçado, os olhos azuis brilhando.

— Você não pode fazer isso! E a nossa amizade? — É a primeira vez que você é beijada, sem contar os selinhos no acampamento de verão. Você se pergunta se Walter já beijou alguém antes. Você acha que não, apesar de ele parecer saber o que estava fazendo. Mesmo agora, parece confiante e calmo. Vocês pararam de dançar, são dois corpos estacionados na pista de dança fervilhante.

— Você sabe que eu sou louco por você — ele diz, olhando no fundo dos seus olhos.

Será que melhor amigo + bom de beijo = alma gêmea? Talvez... mas o que vai acontecer quando vocês voltarem para o campus? Será que você deve levar em consideração a reação das suas amigas e da turminha popular?

Você está a fim de...

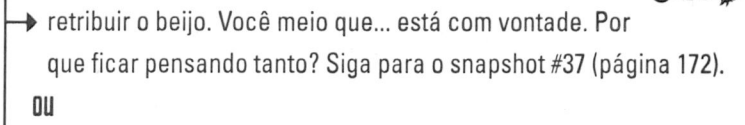

→ retribuir o beijo. Você meio que... está com vontade. Por que ficar pensando tanto? Siga para o snapshot #37 (página 172).

OU

→ apertar o pause. Você não sabe direito o que está sentindo. Siga para o snapshot #38 (página 181).

SNAPSHOT! #21

**Domingo, 16 de fevereiro, 00h14
Oberon**

Walter não tentou esconder a decepção quando você resolveu parar de dançar. Está claro que ele entendeu o que vocês dois já sabiam, as entrelinhas: que você só quer amizade. Para fugir do constrangimento, você correu para o banheiro, cuja situação é a mesma da pista de dança: escuro e cheio de garotas se debatendo e tentando chegar perto do espelho para conferir a maquiagem.

— Vocês viram a Hunter Mathieson? — É impossível não escutar o que a garota ao lado está conversando com duas amigas. Ela está com um vestido preto de couro tão colado no corpo que dá até falta de ar. O rosto dela é pálido e cansado.

— Ãhã. Ela está medonha. A garota é um fracasso ambulante. Pessoal difícil. Na sua opinião, a Hunter está maravilhosa.

— Pelo menos ela perdeu aquela barriga — diz a Vestidinho de Couro.

— Você sabe, ela fez a mesma dieta que a Lindsay Lohan fez em 2007.

— Ah. — A amiga fecha a bolsa e lhe lança um olhar significativo. — Próxima parada, clínica de reabilitação. — Em seguida, as duas se vão, desaparecendo nas sombras, enquanto você tenta entender o que elas estavam insinuando sobre a prima do Walter.

Será que era pura maldade das duas... ou a Hunter está envolvida com drogas? Pensando melhor, ela foi várias vezes ao banheiro durante o curto voo de New Hampshire. Você já tinha percebido que o comportamento dela mudou ao longo da noite — ela foi ficando mais animada e ao mesmo tempo mais distante. E está muito magra. Você não tinha notado na Glory Days, porque ela estava com várias camadas de roupa, mas, depois que colocou o vestido, ela ficou parecendo minúscula. Mas todas as estrelas não são assim? Você meio que imagina que todas as famosas vivem de melão e chá gelado e malham três horas por dia.

Será que você deve contar para o Walter? Ou será que tudo não passa de uma fofoca sem fundamento, do tipo que costuma fazer muito barulho por nada? Você sabe muito bem qual é a opinião dele sobre drogas — vocês dois passaram horas, se não dias, pensando em como conscientizar os alunos da Kings sobre os perigos das drogas.

O Walter não está mais esperando por você perto da coluna ao lado do banheiro feminino. Você procura por ele em meio à multidão, sentindo-se sozinha no clube requintado. Ainda bem que ele não foi muito longe. Ele está no bar, de costas para você. À medida que você se aproxima, percebe que ele está no maior papo com uma modelo ruiva. Você sente uma pontada quando percebe como ela é bonita. Pele clara, cabelos maravilhosos à la Ticiano, corpo perfeito e esguio. Você já a viu antes, em uma das *Vogues* da Libby ou em outra revista de moda qualquer.

— Essa é a Carly — Walter diz, cuidando das apresentações. Ela responde com um sorriso falso que só engana a ele. Quando você estende a mão, ela puxa você e lhe dá dois beijinhos, um de cada lado do rosto, ao estilo europeu. Ela cheira a Chanel Nº 5, igual à mãe da Annabel. — Ela acabou de se mudar do Kansas para cá — informa Walter. — E está estudando na Universidade de Nova York e trabalhando como modelo nas horas vagas.

— Você já está na faculdade? — você pergunta. Ela parece ter uns treze anos, no máximo. Exceto pelos seios.

Carly baixa os olhos com falsa modéstia.

— Eu fiz um intensivo na minha cidade. Concluí o ensino médio em dois anos.

— Uau — é a única coisa que lhe ocorre dizer.

— Ela está tendo aula com o Handelman. — Você e Walter acabaram de ler o livro dele, *Deixando os Estados Unidos*, na aula de ciência política. Desde então ele pegou todos os livros do cara na Biblioteca Therot e vem os devorando.

— Sou fã dele — Carly confessa. — Tive que entrar com um requerimento para frequentar as aulas dele, porque são reservadas para alunos da pós, mas valeu a pena. O homem é mais do que brilhante. — Ela pousa a mão sobre o antebraço do Walter. A garota é uma aberração da natureza, linda e inteligente. — Você devia assistir a uma aula dele comigo. Posso te colocar para dentro, sem problema.

— Sério? Seria incrível. — Os dois trocam números de telefone enquanto você finge não se importar. Mas por que está tão difícil de aguentar? Walter não é seu namorado, ele é seu amigo, e você não tem nenhum direito sobre ele. Qual o problema se ele paquerar esse paradigma de perfeição feminina? Que tipo de amiga lhe negaria isso?

Uma amiga ciumenta.

Quando eles começam a falar sobre os clubes de jazz mais próximos, você percebe aonde a conversa vai chegar e toma uma atitude.

— Hum... Walter? — você interrompe, curtindo a cara de irritada que a tal da Carly faz. — Será que posso falar com você só um minutinho?

Você está a fim de...

→ puxar seu amigo de lado e contar tudo que ouviu sobre a Hunter. Talvez não seja nada, mas você acha que deve deixá-lo decidir. Além do mais, isso pode quebrar o clima com a Carly. Siga para o snapshot #39 (página 184).

OU

→ apressar o Walter para voltar para o campus. Você está ficando nervosa por quebrar tantas regras. Sim, é isso... as regras. Isso não tem nada a ver com a Carly, certo? Siga para o snapshot #40 (página 190).

SNAPSHOT! #22

Sábado, 15 de fevereiro, 21h55
Casa Pennyworth

Oona se recupera na varanda do sr. Worth enquanto você observa a uma distância segura: após a breve crise de choro, ela ajeita os cabelos, enxuga as lágrimas e sai andando pela noite afora. A exposição de sua faceta mais delicada e vulnerável desapareceu, possivelmente para sempre. Você não fez nada, com medo de que a raiva dela pudesse virar para o seu lado. Será que foi a decisão correta? Bom, é difícil dizer. Não foi a mais corajosa, mas talvez tenha sido a mais segura.

Agora você e Walter estão na sua casa, aconchegados no lugar de sempre, assistindo a *Casablanca*: você no sofá, enrolada no cobertor, e Walter na poltrona preferida dele, com os pés em cima da mesinha de centro.

— Scrabble? — ele sugere. Vocês estão com uma partida em andamento. Você assente, pega o tabuleiro na estante e o coloca sobre a mesinha de centro.

Você e Walter erguem os olhos, tentando identificar de onde vem o som distante das sirenes do bombeiro.

— Que estranho — ele comenta. — Esse é um barulho que não se ouve muito por aqui.

— Nunca. — Você ajeita o cobertor sobre os ombros. — Espero que não seja nada sério. — Oona invade seus pensamentos.

Ela pode ser briguenta, mas você não imagina que ela tentaria fazer algo contra a outra mulher do Worth. Certo?

Claro que não. Não seja ridícula.

Vocês se concentram no jogo novamente.

— Você quase diminuiu a vantagem no último jogo — diz Walter, olhando para o papel onde está anotada a pontuação. Ele sempre ganha, é só uma questão de por quantos pontos. Enquanto ele monta o jogo e distribui as letras, você procura uma caneta para anotar a pontuação, mas não consegue encontrar nenhuma na caixa. Então vai até a escrivaninha da Spider e abre a primeira gaveta à procura de uma.

Você esbarra em um montinho de provas de matemática, e sem querer dá uma olhada nas notas. A. A+. A. Que estranho. Vocês duas têm aula de cálculo com o sr. Paluschka, e você sabe do sofrimento dela. Você varou várias noites tentando ensiná-la. Por isso fica surpresa — um pouco chocada — quando vê que ela está indo tão bem. Por que ela não lhe contou isso?

Então você lê os nomes no cabeçalho das provas — nenhuma delas pertence à Spider. Elas são de anos anteriores, mas você reconhece as questões das provas que fez recentemente. E sente um nó no estômago. Será que a Spider está colando? A Kings tem um código de honra bastante rígido, e com certeza ela não parece ser do tipo que costuma burlar essas coisas — mas, por outro lado, você sabe como ela tem lutado para manter a média B, um requisito para continuar com a bolsa de estudos de atleta.

Sem querer envolver Walter no drama, rapidamente você pega a caneta, fecha a gaveta e volta para o sofá. Você vai ter de dar um jeito de pegar Spider sozinha, amanhã, e falar com ela sobre isso — tomara que não seja o que parece. Talvez ela tenha uma boa explicação... você só não consegue pensar em qual pode ser.

— Você primeiro — diz Walter.

Minutos depois, você completa PEIXE-BOI. *Nada mal*, você pensa. Nada mal mesmo.

— Engole essa, sr. Geninho — você o provoca.

Walter analisa as possibilidades. Ele parece atipicamente nervoso enquanto dispõe os quadradinhos sobre o tabuleiro. Quando você baixa os olhos para ler o que ele escreveu, percebe o motivo. São apenas cinco quadradinhos. O do meio estava em branco, mas Walter desenhou um coraçãozinho vermelho nele.

EU ♡ VC.

Você engole em seco.

Walter olha nos seus olhos, e você fica um pouco atordoada.

— *Estou de olho em você, garota* — diz Bogart ao fundo.

Uma declaração de amor no tabuleiro do jogo de Scrabble. É a cara do Walter assumir os próprios sentimentos desse jeito. Fofo, mas bem nerd. Mesmo assim, *fofo*! Antes que você consiga pensar em uma resposta, ele se inclina e te beija. É o seu primeiro beijo de verdade. E é exatamente como você sempre imaginou que seria. Envolvida pelo clima, você retribui. Mas então seu cérebro desperta para lembrar que é o Walter, e que cruzar essa linha vai mudar a amizade de vocês para sempre, e que, não importa quanto ele beije bem, não seria o caso de pensar melhor sobre isso?

Bom... razão ou emoção?

Você está a fim de...

→ se deixar envolver pelo clima. Talvez seja por causa do Bogart, talvez do Walter, mas, de repente, você está se sentindo romântica. Esqueça o bom senso e veja se acaba formando a palavra A-M-O-R. Siga para o snapshot #41 (página 194).

OU

→ pensar melhor. A última coisa que você quer fazer é dar falsas esperanças para o Walter — isso poderia acabar com a amizade de vocês. Siga para o snapshot #42 (página 200).

SNAPSHOT! #23

Sábado, 15 de fevereiro, 21h45
Rua dos professores

— Ei — você sussurra ao se aproximar da varanda do sr. Worth. Por mais perigoso que pareça, você simplesmente não consegue dar as costas para alguém tão magoado. Mesmo que esse alguém seja a Oona. — Você está bem?

Com um giro preciso, ela te encara. Você prende a respiração. Os olhos dela estão um pouco inchados e você percebe que ela esteve chorando, mas, mesmo assim, a fisionomia é dura. Você errou ao tentar se aproximar dela em um momento tão vulnerável. Sem se virar, você começa a recuar.

— Claro que estou — ela responde bruscamente.

Você não tem como voltar atrás. É tarde demais para cair fora — a Oona sabe que você a viu chorando e nunca vai perdoá-la por isso. Você limpa a garganta.

— O sr. Worth é um babaca e não merece uma garota como você. — As palavras escapam da sua boca. — Na minha opinião.

Oona só pisca. Quando ela volta a falar, você percebe que o tom se suavizou um pouco — mas só um pouquinho.

— Eu conheço você?

Ela escreve para uma coluna do jornal que se chama "Agito", o que significa que vocês já participaram de dezenas de reuniões juntas. Com você sentada bem de frente para ela. Pelo jeito, ela mal se lembra da sua cara.

— Trabalhamos juntas no jornal. Eu sou do primeiro ano.
— Ah, agora eu sei quem você é. — Ela bate na própria testa. — Você e o Dearborn.
— O quê? — Seu coração dispara. Não existe essa de "você e o Dearborn". Só existe "Annabel e Dearborn". — Você quer dizer o Henry?

Oona zomba.

— Esses olhos apaixonados estão me dando enjoo. Mas ele não namora a menina que mora com você ou algo assim?

Será que ela está mesmo dizendo o que você pensa que ela está dizendo? A sua paixão pelo Henry é assim tão óbvia? Essa menina não deixa escapar nada... exceto, pelo jeito, quando se trata da vida amorosa dela mesma.

— Namora sim. Somos apenas amigos.
— Deixa pra lá. Algo me diz que você não é uma autoridade em homens.

Você sente uma pontada de raiva e por um momento esquece com quem está falando.

— E você é?

A Oona pisca novamente.

— Meu relacionamento com o Martin era uma coisa muito complicada. Acredite, você nunca ia entender. — Ela está parada perto de você agora, de costas para a casa dele. As duas ficam caladas durante alguns minutos. — Mas você estava certa quando disse que ele é um babaca.

Ela começa a andar apressada na direção do pátio. Você permanece plantada no lugar até ela olhar por cima do ombro e gesticular impacientemente para você ir junto.

— Vem comigo. Eu odeio beber sozinha.

Caramba! Mais que depressa você envia uma mensagem para o Walter, para ele não se preocupar com você.

Mas talvez ele devesse.

↳ Você está prestes a entrar numa fria, direto na toca do dragão... Siga para o snapshot #23A (página 115).

SNAPSHOT! #23A

Sábado, 15 de fevereiro, 22h23
Casa Merritt

— Como assim, você não foi à Sonho de uma Noite de Inverno? Pensei que a sua turminha tivesse baixado em peso na festa — pergunta Oona num tom de puro tédio, servindo-se de outra dose de martíni.

O apartamento de um quarto dela na Casa Merritt coloca a decoradora de vocês no chinelo. Inspirado na Hollywood dos velhos tempos, o quarto dela é puro glamour, do papel de parede art déco ao sofá de veludo com uma manta de pele branca jogada casualmente em cima. Você faz um resumo para ela de tudo o que aconteceu na sua noite, e ela faz um gesto com a mão.

— Você não está perdendo nada. Um bando de bêbados na floresta. Francamente, é pura selvageria, mas o que se pode esperar? — O telefone dela vibra há algum tempo com novas mensagens, e ela finalmente resolve dar uma olhada. Então revira os olhos e toma outro gole de martíni. — Não vou — ela diz em voz alta enquanto digita a resposta.

— Suas amigas estão te atormentando porque você não foi à festa? — você pergunta. Talvez ela devesse ir, você pensa, mas não ousa sugerir.

— Minhas amigas me conhecem e nunca ousariam me atormentar. Mas estou fazendo falta, claro.

Você força um sorriso.

— Claro.

— Você não está bebendo.

Você olha para a vodca com tônica no seu copo e toma um gole por obrigação. Até que não é ruim.

— Há quanto tempo você e o sr. Worth... estão juntos?

Ela franze a testa.

— Desde o feriado de Ação de Graças. Fiquei no campus porque senti que estava rolando algo entre a gente. — Sem querer você estremece, e ela escolhe ignorar. — Basicamente, passei quatro dias na casa dele. Foi... mágico.

Mágico? Não seria o adjetivo que você escolheria — assim como ele também não seria o cara que você escolheria.

— Ação de Graças... Faz um bocado de tempo. Quase três meses?

— Ficou sério rápido. Falamos em ir para a casa da minha mãe no sul da França no verão, porque ela nunca fica lá. Mas nas últimas semanas ele andou um pouco distante. Achei que estivesse ocupado. Pelo menos foi o que ele me disse. — De repente o rosto dela se contorce de raiva, dando aos traços deslumbrantes uma aparência assustadora. — Aí eu descobri que ele andava ocupado com uma local qualquer! — Ela está em pé outra vez, andando de um lado para o outro.

— Sinto muito. Deve ter sido muito doloroso.

— Confie em mim, vai ser mais doloroso para ela. Eu vi os dois juntos hoje à tarde. Ela é dona da livraria. — Oona toma outro gole de martíni, com a intenção de ficar bêbada. — É patético. Como ele pode me trocar por uma trintona fracassada, rata de biblioteca? Heather McPherson. Esse é o nome dela. Ela deve morar com os pais. Isso é *humilhante*.

Você sabe exatamente quem é a Heather. O nome não tinha sido registrado ainda, mas a descrição ligou o nome à pessoa.

Ela é a loira graciosa que vive e respira livros e sempre lhe dá as melhores recomendações. Ao longo dos últimos meses, vocês duas acabaram ficando amigas. Sim, ela mora com a mãe, que é doente e depende dela para quase tudo. A última coisa que Heather McPherson precisa ou merece é a vingança da Oona — ou de um namorado frouxo como Worth, que a entregou de bandeja para se safar. Sem dúvida Worth nunca contou para Heather que estava saindo às escondidas com uma das alunas dele. E agora você percebe que o ponto crucial da raiva da Oona não é a traição do Worth, mas o grande golpe que o ego dela sofreu.

— Oona, escuta — você diz com o máximo de calma possível. — Você sabe que o Worth não te largou por causa da Heather, certo?

Ela está ouvindo agora — ainda anda de um lado para o outro, mas está ouvindo.

— Pensa bem. O cara é um professor de história beirando a meia-idade e acaba tendo um caso com a aluna mais cobiçada da Kings. Uma garota totalmente fora do alcance dele, em todos os sentidos, e ele não tem outra escolha a não ser apertar o botão de autodestruição. Você acha que o Worth não sabia que você ia acabar cansando dele daqui a duas semanas? Que ele não passa de um passatempo para você? Enquanto isso, ele estava se preparando para a ruína total quando o momento inevitável chegasse.

— Você está certa — diz Oona. É engraçado como você quase pode ver algo se soltando dentro dela. — Não, você está absolutamente certa.

— Claro, foi fraqueza e covardia da parte dele tentar se poupar da dor da rejeição, fingindo que está gostando de outra pessoa. Mas quem pode culpar o cara?

Oona se senta em outra cadeira e pousa o copo sobre a mesa ao lado.

— Acho que ninguém. Mas mesmo assim...

— Mesmo assim nada. Ele não ia dar conta de você, e você sabe disso. — Rapidamente você extingue aquela faísca de raiva. — Você precisa de um homem muito, mas muito mais forte do que Martin Worth. — Essa parte, pelo menos, é verdade. Você percebe que o seu discursinho apagou o fogo do ódio da Oona — e tomara que a Heather esteja fora da linha de fogo dela.

— Sabe de uma coisa? — Oona olha para você com certo respeito nos olhos. — Você não é boba. Comparada ao bando de babacas dessa escola, você não é nada boba.

Isso foi o mais perto de um elogio que você poderia ter recebido da Oona.

— De onde você é, flor? De alguma cidadezinha de Massachusetts, não é isso? Lembro que a cidade tinha um nome deprimente.

O quê? Uma bolhazinha de pânico explode dentro de você. Primeiro Oona mal se lembra do seu nome, e agora ela sabe que você é de Hope Falls? E que ela não é a "cidadezinha bucólica do interior" que você pintou para todo mundo?

— Hope Falls — você diz baixinho. Toda a confiança que você sentia segundos antes, quando pensou que tivesse acabado com a raiva da Oona, se evapora rapidinho. Ela lança um sorriso malicioso, percebendo seu desconforto com um prazer sociopata. — Como você sabe disso?

— Eu gosto de saber de tudo — diz ela, tomando um gole da bebida. — Conhecimento é poder, flor. Tenho uma amiga na secretaria que me deixa dar uma olhada nas fichas de inscrição. Se me lembro bem, a sua mãe — ela bate com um dedo na testa, com o sorriso ainda no rosto — trabalha em um mercadinho, não é? Eu diria que foi sorte sua ter conseguido entrar aqui. Com a sua origem humilde e tudo o mais.

— Acho melhor eu ir andando — você diz, levantando-se e sentindo o sangue arder no rosto. Você gostaria que a situação da sua família não fosse motivo de vergonha, mas é. É mais fácil fingir que a sua vida é parecida com a vida das suas amigas ricas. Você não quer que elas sintam pena de você por ser bolsista. Por que todo mundo precisa saber que a sua mãe ganha salário mínimo? Que seus pais nunca poderiam mandar você para uma escola como a Kings? Por que isso é da conta de alguém?

Você segue em direção à porta, arrependida por ter tentado ajudar Oona de Campos. Justamente quando você pensou que tinha conseguido uma trégua, ela deixou claro que vocês duas nunca seriam amigas. E agora, enquanto você sai, ela nem se dá ao trabalho de dizer "tchau". Em vez disso, faz um gesto de desdém com a mão e cruza a sala para pegar mais um drinque.

FIM

SNAPSHOT! #24

Sábado, 15 de fevereiro, 21h15
Festa na floresta

— Talvez eu não tenha sido clara — Oona diz devagar, com os olhos violeta contraídos e fixos na Hunter. — Cai fora antes que a coisa fique feia.

— A coisa ficou feia no momento em que você chegou — rebate Hunter.

A situação está bem perto de uma catástrofe nuclear. Se você pretende intervir, é melhor que seja agora.

— Oona, só estamos nos divertindo. O Walter não está incomodando ninguém.

— Ele está *me* incomodando. — A raiva dela de repente se volta contra você, e é de arrepiar. — Fique fora disso, caloura, a menos que esteja querendo morrer.

— Oona, calma. — Crosby pousa a mão no ombro dela. Você vira e se vê diante do gato do último ano, tão perto que dá para sentir o perfume dele. A proximidade te acalma de um modo estranho e muito sexy, e você inala profundamente o perfume, fazendo o possível para não dar na cara. — Está tudo certo. Ele vai ficar para uma cerveja ou duas e depois vai cair na estrada. Eu me responsabilizo por ele. — Crosby empurra Oona para o lado e sussurra no ouvido dela, acalmando-a por ora. Então ele se volta. — Peço desculpas por ela. A Oona às vezes se estressa à toa. Eu curto muito o seu trabalho, Hunter. Você estava fantástica em *The Lost*.

Você está morrendo de vontade de dar um abraço nele. Será que a guerrinha terminou mesmo? Eles deveriam enviar esse cara para o Oriente Médio! Como ele conseguiu acalmar a Oona tão rápido? Crosby é tipo... o Encantador de Megeras ou algo assim.

Ele sempre meio que deixou você intrigada. Tem algo de misterioso e legal em Crosby Wells. Libby contou que o pai dele é o cara em Wall Street, mas, pelo modo despojado e descontraído como o filho se veste, ninguém diz. E, para completar, ele simplesmente acabou de salvar você de um confronto terrível com a Oona.

— Muito obrigada — Hunter agradece. — Você conhece os dois? — Mais que depressa ela apresenta você e Walter, e você sente uma onda de euforia subindo quando Crosby olha diretamente em seus olhos e aperta sua mão. O aperto dele é forte, e você se lembra de quando o viu tocando violão no pátio, no outono passado, as mãos se movendo com agilidade sobre as cordas.

— Foi muito legal da sua parte defender seu amigo — diz Crosby. — Mostrou coragem. A maioria das pessoas tem medo da Oona, principalmente quando ela está brava. Nós crescemos juntos em Nova York, por isso eu sei qual é a dela, mas você merece crédito pela coragem.

— Obrigada. Você é músico, não é? — você pergunta, se *sentindo* muito corajosa agora. É demais saber que você enfrentou a Oona e sobreviveu para contar a história. Além do mais, Crosby parece realmente impressionado.

— Sou, montei uma banda no ano passado com alguns amigos. — Quando ele fala, os cabelos castanho-escuros caem sobre os olhos, e ele joga tudo para trás com uma mão.

— Que tipo de música vocês tocam?

— É meio que uma mistura de folk, rock, hip-hop e soul. — Ele dá uma risadinha, como se tivesse dito isso pela primeira vez. — Um pouco de tudo, menos ópera. Mas nunca diga nunca.

Vocês conversam um pouco sobre música — suas bandas preferidas e as dele, alguns shows legais que rolaram em Providence no verão passado —, antes de você sentir a mão dele tocar de leve, e por um segundo, o seu braço.

— Vamos fazer um show no Spigot no próximo fim de semana. Se você estiver a fim — ele diz. — Meu amigo molhou a mão do segurança para deixar o pessoal da Kings entrar, desde que levem uma identidade decente. Qualquer coisa serve.

Uma identidade falsa... Você fica furiosa consigo mesma por não ter feito uma quando foi para a casa da Libby em Nova York, no feriado de Ação de Graças. Ela conhecia um cara que fazia, e bastava ter ido até o apartamento dele. Mas na hora você desistiu. Ia custar oitenta dólares, e pareceu pesado. Você estava mais interessada em visitar os museus e as Nações Unidas. Tonta! Você diz para o Crosby que não tem uma identidade falsa.

Ele coça o queixo.

— Talvez a minha prima possa te emprestar a identidade antiga dela. Vocês se parecem muito.

Quem poderia imaginar que Crosby Wells fosse tão legal? Você agradece e diz que não quer causar nenhum problema para ele ou para a prima...

— De jeito nenhum, vou falar com ela. Assim você não vai ter desculpa para não ir ao nosso show. — Quando o Crosby a envolve com aqueles olhos escuros expressivos, por um momento você se esquece totalmente do Henry. Isso é um progresso...

E, do nada, Henry surge ao seu lado. Droga.

— Você viu a Annabel? — ele pergunta, sem nem se dar ao trabalho de cumprimentar Crosby. — Eu estava conversando com o Josh sobre um assunto do jornal e ela estava junto, mas no minuto seguinte sumiu. Agora não consigo encontrar a Annabel em lugar nenhum.

Isso é muito estranho. Você pede licença para Crosby e sai andando com Henry pela festa, os dois chamando por Annabel. Nenhum sinal dela. O celular dela só dá caixa postal. Você e Henry se afastam um pouco da clareira e olham um para o outro. A floresta está um breu. Tomara que ela não tenha ido muito longe sozinha.

— Será que não é melhor ver se ela está no campus? — Tem uma ruguinha acima dos olhos azul-acinzentados de Henry, sinal de que ele está preocupado. Ele dá as costas para a floresta. — A menos que você prefira ficar com o Crosby.

— Como? — Você avança um passo, certa de que ouviu errado. Por acaso o tom do Henry tinha uma ponta de ciúme?

— Esquece — ele diz mais do que depressa, balançando a cabeça como se estivesse tentando se livrar de um pensamento indesejado. — Eu acho que a gente devia ir até lá ver. A gente sabe que aqui ela não está. Ela deve ter voltado para casa e provavelmente esqueceu de colocar o celular para carregar. — Vocês se entreolham. Annabel não costuma fazer isso. — Diz para a Spider e a Libby ficarem de olho e me ligarem se ela aparecer.

Você para por um momento, sem saber se ficar sozinha com o Henry é o melhor para você. Já é difícil o bastante ficar com ele no meio de um montão de gente. Talvez fosse melhor não ir, e, sei lá, até que seria legal ficar com o Crosby. Mas o Henry fez com que você também ficasse preocupada com a Annabel. Será que ela foi mesmo embora sem avisar?

Você está a fim de...

→ ir procurar sua amiga com o Henry. E se a Annabel realmente estiver em apuros? Siga para o snapshot #32 (página 157).

OU

→ dizer para o Henry que você não vai com ele, mas vai ficar de olho se ela aparecer. Você tem certeza de que está tudo bem com ela, e não é uma boa ideia ficar sozinha com o namorado da sua amiga. É melhor ficar sozinha com o Crosby, que está disponível. Siga para o snapshot #9 (página 51).

SNAPSHOT! #25

Sábado, 15 de fevereiro, 21h34
Festa na floresta

— Talvez eu não tenha sido clara — Oona diz quase gritando, com os olhos violeta contraídos. — Vocês precisam ir embora. Precisam ir embora agora. — Tem uma veia roxa pulsando no lado esquerdo da cabeça dela que parece prestes a explodir, se tudo não for feito rápido e do jeito dela.

— Tudo bem — Walter responde, puxando a prima pelo braço. Mas Hunter fica plantada no lugar. — Não queremos confusão.

Mas já é tarde demais para isso. O momento de evitar confusão e atenuar a tensão já passou. Agora a briga está comprada. A Hunter e a Oona estão praticamente se cheirando, como dois machos alfa disputando o controle da matilha. É difícil saber quem vai vencer a disputa: a Oona é mais alta que a Hunter e fisicamente mais forte, mas a Hunter tem uma ferocidade selvagem nos olhos. A Hunter tem fãs espalhados pelo mundo todo, mas a Oona tem uma presença ditatorial na Kings e um exército de soldados fiéis. Enquanto elas se encaram, a multidão de curiosos cresce ao redor. Com certeza será uma luta de pesos-pesados.

Você é empurrada de todos os lados enquanto a garotada tenta conseguir um lugar melhor, bloqueando a sua visão. No momento em que você está quase conseguindo arrumar um lugarzinho melhor, duas garotas entram na sua frente — agora você não consegue ver mais nada nem se mexer. Com o campo de visão obstruído, você só consegue ver lances do que se seguiu. A Oona parece ter dado um empurrão na Hunter, mas pode ser que ela tenha sido empurrada por trás pela multidão que fechava o cerco. A Hunter perde o equilíbrio e cambaleia um pouco. Ela está muito perto da fogueira. A multidão solta um murmurinho alto e horrível. A próxima coisa que você consegue ver são as chamas atingindo a cabeça da Hunter enquanto o Walter a arranca do meio do aglomerado de gente. *Hunter Mathieson está pegando fogo.* Isso está acontecendo de verdade? O Walter consegue abrir caminho entre os curiosos. Sem perder tempo, ele apanha um cobertor que está em cima de um tronco caído e joga sobre a cabeça dela. Você ouve os gritos abafados — mas, um segundo depois, quando ele tira o cobertor, o fogo se apagou. A multidão murmura outra vez — por acaso eles só sabem fazer isso?

O rosto da Hunter está sujo de fuligem e os cachos ruivos estão chamuscados quase até a raiz. Ela fala coisas sem nexo, de tão chocada, ultrajada e aterrorizada que está. Mas pelo jeito ela está bem.

Enquanto Walter ampara a prima rumo à saída, você tenta alcançá-los, ciente de que seu lugar é ao lado deles. Você devia ter ficado junto antes que a situação tivesse chegado ao ponto em que chegou com Oona. Talvez você pudesse ter feito algo, talvez não. E agora você vai se sentir culpada por ter se calado.

↳ Siga para o snapshot #25A (página 127) para ver o que vai acontecer mais adiante no ano.

SNAPSHOT! #25A

Sábado, 24 de maio, 11 horas
Casa de praia da Hunter, em Malibu

Três meses desde a Sonho de uma Noite de Inverno não foram suficientes para apagar a lembrança assustadora do famoso rosto da Hunter envolto em chamas — ou para esquecer que você não fez nada para impedir que ela brigasse com a Oona.

Mas muita coisa mudou.

Você e Walter estão em Malibu. Vocês chegaram esta manhã ao Aeroporto Internacional de Los Angeles e seguiram direto para a casa de praia da Hunter. Até parece um sonho, mas na verdade é muito estressante. Hunter saiu de uma clínica de tratamento para dependentes químicos hoje — isso mesmo, de uma clínica de reabilitação — e deve chegar em casa a qualquer momento. Walter está lá para dar uma força para ela no primeiro dia de volta ao lar, e você está lá para dar uma força para ele. Para ser a amiga que você deveria ter sido em fevereiro, quando Oona o provocou.

— Eu ainda queria ter ido buscar a Hunter — diz Walter, andando de um lado para o outro na sala de estar palaciana da prima. O coitado está uma pilha. — Odeio a ideia de que ela esteja vindo só com o motorista.

— Eu sei. Mas a Hunter achou que qualquer cena na porta da clínica podia atrair a atenção dos paparazzi. Pelo jeito eles ficam de plantão na porta, só esperando um famoso entrar ou sair.

— É verdade. Você tem razão. — O Walter passa a mão pelos cabelos. — Não entendo como alguém pode querer ser famoso. — Você concorda com ele nesse ponto. Mesmo olhando para a mansão multimilionária da Hunter, não parece valer a pena.

Segundo o que você descobriu no dia da festa Sonho de uma Noite de Inverno, a pressão da fama se provou muito pesada para Hunter e a levou por um caminho de autodestruição. Depois do terrível acidente, ela se recusou a ir para o hospital. Você e Walter fizeram de tudo, com receio de que ela estivesse precisando de cuidados médicos, mas nada a convenceu. Então, no alojamento dele, você descobriu o motivo: aos prantos, Hunter admitiu ter problemas com drogas. Cocaína. Ela não queria ir para o hospital porque os médicos poderiam pedir um exame de sangue e então iam constatar a presença de narcóticos no organismo dela, algo que ela não podia se dar ao luxo de deixar vazar na imprensa. Desde aquela noite, Walter foi incrível. Ele cuidou da Hunter, assegurando que tudo desse certo.

Vocês ouvem o barulho de um carro chegando e Walter corre até a janela para ver se é a Hunter. Ele parece muito nervoso, e isso faz com que você aprecie ainda mais o modo como ele se preocupa com a prima e a tem apoiado. Walter insistiu em esperar por ela em casa depois do período de noventa dias de internação, e você ficou muito contente quando ele te convidou para dar apoio moral. A passagem de avião zerou suas economias, mas valeu a pena. Com a autorização dos seus pais, a escola permitiu que você passasse o fim de semana fora. Amanhã de manhã, vocês pegam o avião de volta — no mesmo horário em que os pais da Hunter chegam para passar um tempo com ela. Tomara que ela tenha todo o apoio de que vai precisar para não ter uma recaída.

Você está ali como amiga do Walter, mas tem guardado um segredo desde a noite da festa. Ao ver como ele assumiu o controle da situação toda, você passou a vê-lo com outros olhos. Ele realmente salvou a vida da prima, um ato heroico seguido por semanas de demonstração de como ele é atencioso e carinhoso. Você não está nem aí se o Walter não faz parte da galerinha popular da Kings. Ele está *acima* dessa turma — é mais maduro, mais verdadeiro consigo mesmo e, francamente, muito mais homem que a maioria dos caras populares.

Por enquanto você tem escondido a sua paixão. Walter já teve o suficiente para lidar, e você quer ter certeza de que seus sentimentos são verdadeiros. Mas eles são. E só crescem. Na verdade, cresceram tanto que abafaram aquilo que você sentia pelo Henry, que terminou o namoro com a Annabel logo depois da festa.

Nesta noite, depois que vocês ajudarem a Hunter a retomar a vida dela, você vai contar para o Walter que está louca por ele. O que ele vai dizer? Você não sabe. Mas, toda vez em que pensa no que pode acontecer, você não consegue evitar um sorriso.

FIM

SNAPSHOT! #26

Sábado, 15 de fevereiro, 21h23
Festa na floresta

Quando você e a Spider conseguem afastar a Libby do Billy Grover, ela praticamente sai chutando e gritando. Você já sabia que não ia ser fácil.

— O que vocês estão fazendo? — ela berra quando ninguém mais pode escutar, além de vocês.

— Tenho quase certeza que o amigo dele colocou alguma coisa na sua bebida — você sussurra.

— O quê? — Libby fala alto quando bebe. Ela está praticamente gritando, e você está a menos de um metro de distância.

— O amigo dele pode ter colocado alguma coisa na sua bebida.

— Você não está falando sério. — Libby está com as mãos nos quadris, balançando um pouco para frente e para trás. Ela lhe entrega a bebida. — Um comprimido ou algo do tipo?

Você concorda com a cabeça.

— Quer dizer, pode ser que eu esteja enganada. Mas eu acho que vi.

Spider olha na direção do Billy.

— Libby, tem algo errado com aquele cara. Todas nós o achamos esquisito. Garanto que você consegue arrumar coisa melhor. Tipo meu amigo Harry, do time de futebol. Outro dia, depois do treino, ele me perguntou se você estava solteira.

— Qual deles é o Harry? — Libby olha ao redor. Pelo visto, Billy foi banido de seus pensamentos. De todas as reações que ela pudesse ter — ficar brava por vocês a terem tirado de perto do paquera dela; ter medo de que essa suposta paquera possivelmente tenha tentado *drogá-la* —, por essa você não esperava.

— Ahh, é aquele alto ali? — Quando Spider concorda, Libby implora para ser apresentada.

Não faz sentido para você. Será que a capacidade da Libby de mudar de interesse romântico tão rapidamente tem algo a ver com o álcool? Ou será que ela simplesmente se empolga mais fácil que você? Se ao menos você pudesse deixar de gostar do Henry com a mesma facilidade... O que importa é que a Libby está se divertindo. Ela e a Spider se aproximam do fofo do Harry, deixando você sozinha com a bebida potencialmente contaminada. Você se pergunta o que vai fazer com aquilo. Entregar para a polícia para ser analisado? Jogar na grama? A grande probabilidade de que o Billy fosse lhe causar algum mal — sem contar que ele poderia fazer o mesmo com outra menina — parece não pesar na cabeça nem na consciência da Libby. Mas você não está certa se vai deixar o Billy se safar assim tão fácil.

Pelo jeito está na hora de ir embora. Seus pensamentos ficaram muito pesados para uma festa. Você sai de fininho, enviando uma mensagem para Spider no caminho de casa para que suas amigas não fiquem preocupadas. Durante o trajeto, você toma cuidado para não derramar a bebida. A cada passo, sua consciência impõe com mais clareza o que deve ser feito. Você leva a bebida até a delegacia, apesar da distância, de você estar morrendo de frio e de preferir mil vezes estar encolhida embaixo do edredom. Lá, tudo acontece muito rápido. O policial de plantão não quer nem saber da festa ou de onde veio a bebida. Ele apenas preenche uns formulários e pega o copo da sua mão, dizendo que os resultados vão ficar prontos dentro de alguns dias.

    Quando você finalmente deita a cabeça no travesseiro, tudo que espera é cair no sono na hora. Você está exausta, mas seus pensamentos se voltam para Henry e Annabel e para a tristeza que você sentiu ao ver os dois abraçados. Por que a vida tem de ser tão complicada? A vida não era perfeita em Hope Falls — você estava entediada na escola e não tinha nada para fazer nos fins de semana —, mas pelo menos não era complicada. Ou difícil: sua vida acadêmica agora é tão sufocante que você vive estressada e passa noites sem dormir. Ou dolorosa: paixonite aguda, decepção, vulnerabilidade, tudo isso surgiu na sua vida depois que você passou a estudar na Academia Kings. Aqui os baixos são mais baixos, com certeza. Enquanto você quase pega no sono, a esperança de que um dia os altos também sejam mais altos a envolve. Já passou da hora de você viver momentos grandiosos.

FIM

SNAPSHOT! #27

Domingo, 16 de fevereiro, 9h45
Casa Pennyworth

Claro que você é a primeira a acordar na manhã seguinte, na Pennyworth 304 — você chegou em casa horas antes das suas amigas. Annabel dorme pesado, com a máscara de dormir de cetim sobre os olhos, e Spider ronca no quarto ao lado. Você se veste rápido e sai, levando junto *O grande Gatsby* para lhe fazer companhia no refeitório. Quando coloca os pés para fora, o ar frio ataca cada pedacinho exposto do seu corpo.

Você está prestes a puxar o capuz para cobrir as orelhas e continuar andando quando para diante da cena: alguém está encolhido em um banco na frente da Pennyworth. Você se aproxima para dar uma olhada e fica surpresa ao perceber que é a Libby, apagada em um banco com a meia-calça esgarçada, os cabelos bagunçados e o casaco aberto, em uma das manhãs mais frias do ano.

Você se aproxima correndo e a ajuda a se levantar. Na hora sente o forte cheiro de álcool que ela exala por todos os poros. Você fica apavorada com a palidez e os lábios arroxeados da sua amiga. Ela abre um pouco os olhos — como se suas preces tivessem sido atendidas — enquanto você abre desajeitadamente a porta e a arrasta escada acima, até o apartamento de vocês. Então fecha a porta com uma batida, se esforçando para amparar Libby e chamando por Annabel e Spider. No mesmo instante, elas pulam da cama e vêm ajudar. Vocês três tiram a roupa da Libby, que está tremendo, mas consciente, e em seguida a levam até o banheiro para uma chuveirada quente. Ela vomita no banho, o que apesar de ser nojento é um alívio, pois representa menos álcool no organismo. Você nem pensa, só faz o que precisa ser feito. Vocês a vestem com roupas quentinhas e a levam para o quarto. Ela consegue falar e diz que agora está sentindo todas as extremidades do corpo. Então você a coloca na cama e prepara um chá na chapa de aquecimento elétrico que vocês têm clandestinamente na sala. A Annabel liga para a padaria e pede para entregarem ovos mexidos e um sanduíche de queijo. Enquanto isso, a Libby volta a dormir.

Ela só acorda de verdade e consegue falar uma hora depois.

— O que aconteceu com você ontem à noite? — pergunta Spider, e todos os músculos do seu corpo se enrijecem. Porque você sabe. No momento em que viu a Libby naquele estado, você soube. Você devia ter confiado em seus instintos. Devia ter tirado sua amiga de perto daquele medonho do Billy no momento em que pensou — ou desconfiou — que tivessem colocado algo na bebida dela.

— Não faço a menor ideia — diz Libby, balançando a cabeça e soltando um gemido. — Quer dizer, é óbvio que eu bebi muito. Eu lembro de estar conversando com o Billy, mas honestamente não faço ideia do que aconteceu depois. Acho que apaguei.

— Como fui imbecil. Eu devia ter ficado de olho em você. — Spider está visivelmente brava consigo mesma. — Eu fui embora mais cedo.

— Você foi? — Que estranho. Você podia jurar que ouviu a Spider chegando por volta das duas, batendo a canela no porta-guarda-chuva chique que a Libby insiste em deixar perto da porta e soltando um palavrão.

— É, bom, eu fui para a casa de uma pessoa — diz Spider, com os olhos voltados para o chão. — Mas isso fica entre nós, combinado? Ainda não quero que todo mundo fique sabendo.

Você e a Annabel trocam olhares. Essa é novidade. A Spider nunca demonstrou o menor interesse por namorar antes, e agora está saindo com alguém? Você pode jurar que a Annabel está pensando a mesma coisa: será que a Spider foi para a casa de um cara ou de uma garota?

— De quem? — pergunta a Libby, com a voz rouca.

A Spider respira fundo.

— Dexter Trent. Do time de futebol. Acho que vocês não conhecem...

— Você está brincando? — A Annabel sorri. — Ele faz espanhol comigo. Aquele cara é demais. Spider, estou muito feliz por você.

— Não é nada sério. Que fique só entre nós, tá? Vocês sabem, as meninas do time não vão perdoar se ficarem sabendo. Estamos indo devagar. Mas, sim, ele é incrível. — Ela sorri sem jeito. Mistério solucionado.

— Eu também sinto muito, Lib. Eu estava muito preocupada com o Henry — diz a Annabel. — Na verdade, nós terminamos ontem à noite. Passei horas no quarto dele. Prometo que mais tarde conto todos os detalhes, mas foi a decisão certa e estou bem. Só preciso de um tempo, e depois eu falo sobre isso. Acho que ainda estou surpresa como tudo aconteceu tão rápido.

Você mal acredita no que acabou de ouvir. Tudo isso aconteceu enquanto você estava comendo fritas com queijo na lanchonete? Henry e Annabel formavam o casal perfeito, e, por mais que você sonhasse que ele fosse *seu* namorado, a ideia de os dois terminarem nunca passou pela sua cabeça. Você sente um friozinho estranho na barriga. Você não quer rotular isso, pois está com medo de reconhecer que a sensação é empolgante. Seu corpo está tendo uma reação involuntária por causa da novidade de que Henry Dearborn está solteiro, não importa o que isso signifique para a sua melhor amiga, e isso faz com que você se sinta um ser humano horrível, pela segunda vez esta manhã.

— Nós ficamos juntas na festa? — pergunta a Libby, voltando-se para você. — Você viu o que aconteceu comigo no final da noite?

O nó na sua garganta está do tamanho de uma laranja agora. Fica difícil respirar. Você está com medo de contar para a Libby a verdade sobre o que você acha que viu — mas não contar faz com que você se torne cúmplice do que quer que o Billy possa ter feito.

— Eu fui embora mais cedo com o Walter. Quando a gente saiu, você estava com o Billy. Não sei, Lib, mas você não costuma apagar. Você acha que ele pode ter colocado algo na sua bebida? — Você não falou diretamente, mas talvez a insinuação seja o suficiente.

— Tenho certeza que ele não faria isso. — A Libby puxa o cobertor até o pescoço. — Céus, minha cabeça está explodindo. Essa é a pior ressaca que eu já tive em toda a minha vida.

De repente lhe ocorre que, para uma garota de apenas quinze anos, a Libby já teve sua cota de ressacas. Bem que você gostaria que ela maneirasse na bebida para poder julgar melhor os fatos. Ela livrou a cara do Billy muito rápido. E se ele fez algo com a Libby enquanto ela estava apagada? Será que foi ele que a deixou congelando no banco do jardim? E se ele tentar fazer o mesmo com outra garota, na próxima festa? Ele é inocente até que se prove o contrário, claro, mas existe mais de um motivo para levar a Libby ao pronto-socorro a fim de fazer alguns exames.

— Acho melhor você verificar, por precaução — você diz para ela, agradecida quando a Annabel balança a cabeça em apoio.

— A gente vai com você. Tenho certeza que não vai dar nada, mas você vai se sentir bem melhor se confirmar.

A Libby torce o nariz.

— Não sei não.

— Por favor, Libby. — Você está disposta a implorar.

Vocês três a ajudam a se vestir, e ela concorda em ir. No hospital, Libby faz um teste de gravidez. Um teste de HIV. Uma bateria de testes de DST, apesar de o médico dizer que ela vai ter de voltar para repetir, pois algumas doenças não são detectadas de imediato. De repente, todo o estresse sofrido durante os exames semestrais parece pequeno e trivial em comparação com todos esses outros exames, cujos resultados podem mudar a vida de uma pessoa. O médico faz um checkup nela. Apesar dos hematomas, o estado geral de Libby é bom.

Mas você não está bem. Enquanto volta para casa com suas amigas, você se dá conta da dimensão do erro que cometeu na noite passada. Vai demorar alguns dias para que Libby receba os resultados dos exames, e você não vai conseguir comer ou dormir até que isso aconteça. E, mesmo depois disso, você não vai conseguir sossegar se ela deixar o Billy sair ileso dessa. Quem sabe quantas meninas ainda podem ser prejudicadas porque você não botou a boca no mundo?

↳ Siga para o snapshot #27A (página 138).

SNAPSHOT! #27A

Terça-feira, 8 de abril, 19h15
Refeitório Hamilton

— Mudei de ideia — diz a Libby baixinho. Ela está sentada ao seu lado no refeitório enquanto as outras meninas da sua turma estão na fila. — Com relação ao Billy. Passei por ele no pátio, na noite passada, e ele nem olhou para a minha cara. Isso foi a gota-d'água. Por que eu estou protegendo esse cara?

— Estou orgulhosa de você, Libby.

— Bom, ainda tenho que falar com os meus pais. Mas, sim, estou pensando em contar para o Fredericks tudo o que aconteceu. O cara me abandonou para a morte naquela noite gelada. Ele é um canalha. Não gosto da ideia de todos ficarem sabendo, mas não posso deixar passar em branco.

Você sente alívio. Por quase dois meses foi obrigada a aceitar a decisão da Libby de não dizer nada sobre o que aconteceu, mesmo depois de os resultados dos exames laboratoriais apontarem a presença de flunitrazepam no organismo dela aquela noite. Tirando isso, ela teve "sorte" — nada de DSTs, ou pelo menos nenhuma que pudesse ter sido detectada de imediato, e o teste deu negativo para uma gravidez indesejada. Mesmo assim, você nunca vai se perdoar por ter sido tão passiva quando a segurança da sua amiga estava em jogo. Você lhe ofereceu todo o apoio, mas a possibilidade de o Billy e os amigos dele saírem ilesos dessa está pesando na sua consciência.

Annabel senta, acompanhada de Lila e Tommy. Em seguida, olha para você e para Libby.

— O que foi que eu perdi?

— Nada — responde Libby mais que depressa. — Ei, alguém anotou a aula de ciência política de hoje? Fiquei ajudando na arrumação das cadeiras para a apresentação dos formandos.

— As minhas anotações estão decentes — diz a Tommy.

E o jantar continua. Depois que a Libby tiver tomado a decisão final, ela vai acabar contando para as outras companheiras de apartamento que providências vai tomar. Mas, por enquanto, você se sente honrada por ela ter lhe contado e orgulhosa por ela ter escolhido o caminho mais difícil. Isso reafirma a sua decisão de que, no futuro, você vai fazer mais para ajudar uma amiga em perigo.

FIM

SNAPSHOT! #28

**Domingo, 16 de fevereiro, 8h30
Casa Pennyworth**

Quando seus olhos se abrem na manhã seguinte, você solta um gemido. Parece até que uma bola de demolição bateu várias vezes nas suas têmporas.

— Acho que ela acordou — você ouve a Libby sussurrar na sala. A porta do quarto se abre e suas amigas entram na ponta dos pés. A Annabel está segurando um saco de comida para viagem engordurado da Glory Days.

— Fala aí, amiga — a Spider diz num sussurro tão calmo que até assusta. — Achamos que talvez você pudesse querer umas rabanadas. Bom, a Libby achou que você ia preferir ovos e batatas hash browns. Por isso trouxemos os dois. E suco de laranja e panquecas. Acho que isso vai ajudar você a melhorar.

Uma onda de pânico fervilha dentro de você. Por que suas amigas estão sendo tão gentis? Por que sua cabeça dói *tanto*?

— O que aconteceu na noite passada? — você pergunta. A última coisa que você se lembra é de estar conversando com o Billy. Na verdade, não era bem conversando, mas caindo em cima dele. O resto da noite é um apagão só, desprovido de memória.

Annabel senta na beirada da sua cama, como se tivesse sido ela a escolhida para dar as más notícias.

— Querida, está tudo bem. Graças a Deus. Nós achamos que na noite passada um dos amigos do Billy colocou uma bolinha, ou algo do tipo, na sua bebida. O Henry acha que viu de longe, mas não tem certeza. De qualquer maneira, ele não conseguiu avisar antes de você tomar uns goles. Dez minutos depois, você começou a agir de um jeito estranho e a cair, como se estivesse prestes a desmaiar. Nós três te trouxemos carregada para casa.

— Você é muito mais pesada do que parece, sabia? — completa Libby.

— Uma bolinha? Você quer dizer boa-noite-cinderela?

— É só uma hipótese — Annabel assente.

Sua cabeça está girando. O Billy drogou você? Suas amigas — e o Henry — te carregaram desmaiada pela floresta? Não é de admirar que você esteja se sentindo tão mal. Você estremece e não consegue deixar de pensar no que poderia ter acontecido se Henry não tivesse visto. Você olha para Libby, para ver se ela está brava por você ter ficado com o paquera dela. Mas, se está, ela disfarça bem, pois tudo o que você vê naquele rosto é preocupação sincera. Isso poderia ter acontecido com ela também. Ou com qualquer outra garota que estava na festa.

— Nós precisamos te levar para o pronto-socorro para te examinarem — Annabel diz. — A droga sai do organismo em vinte e quatro horas. Se o Billy e os amigos dele fizeram isso com você, podem fazer com outra pessoa.

Você concorda, franzindo a testa de dor ao mínimo movimento. Sua língua parece inchada e sua boca está seca.

Mais tarde, depois de comer um pouco e deixar que suas amigas a ajudem a se vestir, você se dá conta de que deveria agradecer ao Henry. Ele foi o herói que a tirou de uma situação perigosa.

— Você acha que o Henry está em casa? — você pergunta a Annabel. — Preciso ligar para ele para agradecer.

Ela e Libby se entreolham.

— Não sei — responde Annabel.

— Vou ligar no celular dele. Qual é o número? — Você pega seu telefone e está pronta para discar, mas Annabel não diz nada.

— Ele sabe como você deve estar agradecida — diz Spider. — Você não precisa ligar para ele agora.

A expressão estranha delas desperta um minipânico em você. Será que aconteceu alguma coisa com o Henry na noite passada? Será que, quando você estava fora de si, acabou confessando seu amor ou se expôs a algum outro tipo de humilhação?

— O que está acontecendo? — você pergunta, sentando para esperar pela resposta. — Por que eu não devo ligar para ele?

— É claro que você pode ligar para ele. É que... — Só agora você percebe que Annabel parece cansada, como se também tivesse tido uma noite longa. — O Henry e eu terminamos na noite passada. Eu falei para ele que eu achava que a gente devia terminar de modo civilizado. Ele disse que estava a fim de ficar com outras pessoas e eu ignorei, fingindo que era algo passageiro e que tudo ia ficar bem. Mas na noite passada eu percebi que não ia conseguir segurar o meu namorado se ele quisesse algo mais. Não ia conseguir *convencer* o Henry a ficar comigo. E que, se ele estava em dúvida, eu precisava deixá-lo à vontade para decidir. Foi o que fiz. Depois que tudo isso aconteceu.

— Não acredito — é tudo que você consegue dizer, esfregando as têmporas. O que isso significa? A Annabel parece estar levando na boa o término do namoro, ou talvez esteja apenas se fazendo de corajosa.

— Isso é loucura — diz a Libby, vestindo um casaco. — Mas eu sempre achei você boa demais para ele, Annabel. — Essa é novidade, se for verdade mesmo. Mas você gosta da lealdade da Libby. A Annabel vai precisar de carinho. Foi ela quem puxou o plugue do relacionamento, mas foi ele quem colocou as coisas em jogo primeiro. Você nunca imaginou que isso pudesse acontecer, e ela provavelmente também não.

— Acho melhor irmos logo — diz a Spider, ajudando você a ficar de pé.

É difícil acreditar que tanta coisa mudou em uma noite apenas. Você achava que o Henry e a Annabel fossem ficar juntos para sempre. Nunca teve receio de que alguém pudesse tentar lhe fazer algum mal ou que teria de recorrer à justiça contra esse alguém. O mundo não é mais um lugar seguro como parecia há um ano, quando você ia para a cama todas as noites com seu querido ursinho de pelúcia e acordava com muffins e seus pais à mesa.

Spider amarra o seu tênis, pois a sua cabeça dói tanto que nem dá para abaixar.

— Pronta? — ela pergunta.

— Sim — você mente, e as quatro saem.

FIM

SNAPSHOT! #29

Sábado, 15 de fevereiro, 21h05
Festa na floresta

Numa combinação de preservar seu círculo de amizades e se preservar, você se afasta do Billy em busca de uma amiga. A festa gira ao seu redor, como se fosse um caleidoscópio descontrolado. A voz das pessoas, a batida da música e a luz ofuscante da fogueira ao centro a deixam atordoada. Você nunca ficou bêbeda assim antes. É como se você tivesse sido apanhada por uma maré e não conseguisse voltar para a segurança da praia.

Quando você sente alguém pegando no seu braço e a puxando para um lugar mais sossegado, você se deixa levar sem resistência, como se fosse uma boneca de pano. Somente quando chegam a um toco de árvore fora do agito é que você percebe que é a mão da Oona de Campos. Mesmo no estado em que se encontra, você sabe que isso não é um bom sinal — que nada de bom pode vir da Oona —, mas seu corpo não consegue oferecer nenhuma resistência quando ela te coloca em cima do toco e põe algo na sua cabeça.

— Senhoras e senhores — ela berra em um megafone, silenciando a todos e ensurdecendo você. Todos os olhares se voltam para ela agora, ou melhor, para você. — Tenho a honra de apresentar a Caloura Trapalhona!

E, antes que consiga entender o que ela está dizendo, você sente os jatos atingindo seu corpo, vindo de várias direções. Quando seus olhos ardem, você se dá conta de que os jatos são de cerveja. Todas as torneiras dos barris estão apontadas em sua direção, nas mãos dos atletas do último ano. Billy Grover está no comando de um dos barris e parece estar se divertindo muito com a brincadeira. Seus cabelos caem pelas laterais do rosto, o rímel escorre pelas suas bochechas. Você abre a boca para protestar. Isso não pode estar acontecendo. Seus torturadores te tiram do toco e saem desfilando com você sobre os ombros, gritando:

— CALOURA TRAPALHONA! CALOURA TRAPALHONA!

Você mal consegue respirar, muito menos assimilar o que está acontecendo, mas percebe, horrorizada, que sua minissaia está quase na cintura, mostrando a calcinha da Hello Kitty (que também está ensopada).

— Oi, Hello Kitty! — Billy Grover zomba embaixo de você, liberando uma onda de gargalhadas cruéis.

Finalmente, finalmente, suas amigas conseguem fazer com que te soltem, cobrem você com um cobertor e a levam na direção da trilha. Enquanto você corre, seus olhos cruzam com os do Henry. Quando ele desvia o olhar, envergonhado por você, é o pior momento da noite.

↳ Não esquenta, gatinha. Talvez as coisas pareçam melhores amanhã de manhã. Siga para o snapshot #29A (página 146).

SNAPSHOT! #29A

Terça-feira, 18 de fevereiro, 19h05
Casa Pennyworth

— Isso é absurdo — a Spider diz, ao abrir a porta e dar de cara com outra bonequinha da Hello Kitty jogada no corredor. — Parem com isso!

— Isso é assédio! — Annabel está furiosa desde a festa. Ela não para de dizer que vai telefonar para o advogado do pai dela, o que, é claro, é ridículo. Como se você pudesse processar a Oona por ter te humilhado, porque você (menor de idade) estava bêbada em uma festa (depois do toque de recolher) na floresta (fora do campus). Você seria expulsa muito antes dela! Você e Libby ficam caladas, encolhidas em lados opostos do sofá da sala. Desde sábado as quatro estão entocadas, contando com a ajuda de amigos para trazerem comida do refeitório. Simplesmente não dá para andar pelo campus ouvindo o coro de "Hello Kitty" cada vez que você passa por um grupo de alunos do último ano.

A Caloura Trapalhona. Não é exatamente a reputação que você esperava ter na Kings.

— Eu nunca mais vou beber — você declara pela, hum, milionésima vez.

— Logo eles esquecem tudo isso — diz Annabel, em pé atrás do sofá, fazendo carinho na sua cabeça. — Eu prometo que até o próximo fim de semana ninguém mais vai estar falando disso, querida.

Você percebe que Libby ergue levemente uma sobrancelha.

Alguém bate à porta. Pode ser o Henry chegando com bagels ou o Walter trazendo as anotações da aula de história americana para você. Você prometeu a si mesma que amanhã vai voltar para a escola — apesar de a ideia revirar seu estômago de medo.

A Spider abre a porta e é o Henry. Desde a festa você não tem coragem de olhar para ele, e ele também parece envergonhado por ter presenciado a sua humilhação pública. É estranho, mas você sente que algo mudou entre vocês dois. Ele dá um beijo no rosto da Annabel.

— Entrega de bagel. Com cream cheese extra, conforme o pedido.

— Você é demais — diz a Libby do outro lado da sala. Não que ela já tenha comido um bagel inteiro. Ela sempre tira todo o miolo com a ponta dos dedos, deixando uma concha vazia. E ainda se diz nova-iorquina.

— Aguenta firme, garota — diz o Henry, pela primeira vez se dirigindo a você enquanto segue para a porta. — A gente se vê na reunião amanhã, certo? Tem uns artigos que eu gostaria que você escrevesse para a próxima edição do jornal.

Você solta o ar. O tom natural dele a enche de alívio. Escrever alguns artigos, retomar o ritmo da sua vida — é exatamente isso que você precisa fazer. Afinal, só tem um jeito de a Caloura Trapalhona se redimir. Portanto esqueça o que aconteceu e volte ao trabalho.

FIM

SNAPSHOT! #30

Sexta-feira, 21 de março, 16h30
Casa Pennyworth

Você observa Libby terminando de encaixotar as coisas dela sem dizer uma palavra. Na verdade, vocês não trocaram uma palavra sequer a semana inteira — desde que ela contou a novidade, por e-mail, de que ia se mudar e morar sozinha até o fim do ano. Nem a devoção pela Annabel foi suficiente para atenuar a desgraça social de ser *sua* amiga e companheira de quarto.

Pelo jeito existem dois códigos de honra na Kings: o do livro de capa azul que você precisou ler e assinar quando se matriculou e o implícito — "jamais denunciarás, em nenhuma circunstância, um companheiro de escola". Ou, Deus me livre, uma festa cheia de companheiros de escola. Desde que a notícia de que você tinha entregado tudo ao Fredericks se espalhou, o que resultou na invasão da festa e em dezenas de alunos encrencados, você virou *persona non grata* na Kings. Para não dizer pior.

— Vocês podem ficar com o frigobar — diz a Libby, indicando aos funcionários da empresa de mudanças para pegarem a poltrona forrada de seda e a mesinha de centro. Num piscar de olhos, a sala de vocês fica vazia. Logo a única coisa que vai preencher o espaço será a tensão.

— É muita gentileza sua — você murmura.

Annabel e Spider estão praticando esportes. A Spider, ainda bem, se recuperou em tempo recorde, a Annabel está fazendo teste para entrar no time de hóquei — e você ficou sozinha para testemunhar a deserção infame da Libby. Você simplesmente não pode acreditar que ela tenha requisitado um quarto somente para ficar longe de você. Faltam apenas dois meses e meio para o fim das aulas, portanto foi uma trabalheira danada só para declarar a revolta dela. A declaração de repúdio é alta e clara e vai correr à boca pequena pelo corpo estudantil: Libby Monroe quer distância da pária do campus.

Você ainda está recebendo ameaças assustadoras na sua caixa de correio. Até o Henry — que escapou e conseguiu limpar a barra de um montão de gente, graças à mensagem de texto que a Annabel enviou para ele às pressas avisando sobre a chegada do diretor — também tem andado distante desde a festa.

No começo, Libby comentou pouco sobre a sua decisão de contar tudo para o Fredericks. Mas, ao longo das semanas seguintes, quando ficou claro que você ia ficar marcada como a inimiga número um da Kings, ela se distanciou de você. Há duas semanas, começou a sentar com a Tommy e a Lila no refeitório, em vez de com vocês. E agora essa. Um quarto só para ela. A Libby inventou a desculpa de que queria mais privacidade para se concentrar nos estudos, mas vocês sabem que os verdadeiros motivos dela têm mais a ver com posição social.

Por outro lado, a Annabel e a Spider têm sido ótimas, mesmo quando isso as coloca na linha de fogo para defender você. Elas vivem dizendo que logo tudo vai passar, e você espera que elas estejam certas. O Walter também tem dado a maior força. Vocês dois têm passado mais tempo juntos do que nunca, por isso você está longe de se sentir sozinha. Você gostaria de ter começado aquela noite sendo uma amiga melhor para ele, em vez de ter dado ouvidos à Libby. Se existe uma ameaça de você se tornar a garota menos popular do campus, é de agora em diante que você vai saber quem são seus amigos de verdade. Você sempre desconfiou da sinceridade da Libby. Da próxima vez que seus instintos apontarem contra alguém, você vai prestar mais atenção.

FIM

SNAPSHOT! #31

Quinta-feira, 6 de março, 11h05
Salão Hemmingsworth

Você sente uma gota de suor frio descendo pelo lado esquerdo do corpo. Spider, Annabel e Libby estão ao seu lado no corredor e tão nervosas quanto você. Nenhuma de vocês dormiu direito a noite passada. Em vez de irem para a cama, as quatro ficaram assistindo a uma maratona da série *Kardashians*, tentando esquecer a grande possibilidade de serem expulsas hoje. Todas foram convocadas para se apresentar diante do comitê disciplinar, um grupo composto por professores e alunos sisudos, todos defensores das regras.

Foi você quem inventou uma desculpa ridícula para o Fredericks, alegando que tinha resolvido fazer uma trilha com as suas amigas de quarto durante a noite para "estreitar os laços de amizade". Suas amigas confirmaram mais do que depressa a história. Mas o Fredericks não acreditou nem por um segundo. Ele deve ter desconfiado que a festa Sonho de uma Noite de Inverno ficava por ali e ficou tentando pegar alguma pista sobre a localização exata. Em todo caso, ele mandou chamar o coordenador para que enviasse um grupo de seguranças e policiais no intuito de fazer uma busca pela floresta. Mas isso não foi tudo.

O restante daquela noite foi uma confusão só. A única luz no fim do túnel foi o prognóstico da Spider — ela foi levada imediatamente para o hospital, onde disseram que ela se recuperaria totalmente dentro de algumas semanas, se repousasse bastante. Enquanto isso, você, a Libby e a Annabel foram mantidas sob custódia na casa do Fredericks, sentadas à mesa da cozinha e vigiadas pela esposa mal-humorada dele, até o telefone tocar com a novidade de que a festa tinha sido invadida. Então as três foram mandadas para casa, tarde demais para poder avisar alguém sobre a invasão. Exceto pela mensagem que a Annabel tinha conseguido enviar para o Henry, graças a Deus.

A maioria dos festeiros flagrados acabou conseguindo se safar da expulsão. Havia muitos transgressores para que a escola pudesse exercer o rigor disciplinar de costume: metade dos alunos do último ano correria o risco de não ser mais aceitos nas faculdades em que já tinham se inscrito. Em vez disso, muitos levaram uma advertência e depois foram submetidos a um sermão interminável proferido pelo diretor na sala de reuniões da escola. Um castigo leve, na verdade.

Mas você mentiu na cara do homem, e suas amigas a apoiaram. Você não acha que será tratada com a mesma clemência. Hoje você vai descobrir.

A pesada porta de carvalho finalmente se abre com um rangido, e a sra. Morris, orientadora da escola, faz sinal para vocês entrarem. Dentro da sala, o comitê disciplinar — composto por quatro membros do corpo docente, dois alunos do último ano e dois do primeiro — está reunido ao redor de uma longa mesa oval. Todos parecem muito sérios — ou melhor, mórbidos — enquanto leem o relatório do seu caso. Gotículas de suor brotam acima do lábio superior da Spider.

Os fatos são apresentados de forma pontual pela sra. Morris: apanhadas na floresta na noite da festa, vocês mentiram para o diretor quando questionadas sobre os motivos para a violação do toque de recolher. O caso é simples e direto: vocês pisaram na bola. Todos os membros da mesa parecem decepcionados com as atitudes de vocês. Isso não parece nada bom. Finalmente, cada uma de vocês tem a oportunidade de falar em defesa própria.

A Annabel esconde o rosto entre as mãos. A Spider chora desde o início da reunião, pegando um lenço atrás do outro de uma caixinha que um aluno do primeiro ano lhe deu. Você não consegue encontrar as palavras certas para se defender. Antes que a situação piore e alguém diga algo errado, a Libby limpa a garganta para falar.

— Caros membros do comitê — diz ela, com a voz surpreendentemente firme, estável e confiante. — É verdade que minhas amigas e eu violamos o toque de recolher na noite em questão. E por isso pedimos nossas sinceras desculpas. Reconhecemos que esta escola possui regras e que, ao violá-las, não agimos de acordo com um aluno digno da Kings. — Você dá uma olhada ao redor da mesa e percebe que não é a única que está impressionada com o tom cerimonioso da Libby. Essa é uma faceta que você não conhecia. — Mas não mentimos para o diretor Fredericks. Será que foi uma boa ideia fazer uma trilha pela floresta sem avisar ninguém? Claro que não. Nossa amiga se feriu, e colocamos nossa vida em risco. Mas nós não estivemos nessa festa. Nunca estivemos nessa festa. Vocês podem perguntar para qualquer um que *estava* lá. Até onde eu sei, a festa era exclusiva para os alunos do último ano.

Você começa a perceber aonde a Libby quer chegar com isso. Vocês não foram à festa. Como alguém pode provar que tinham a intenção de ir?

— Talvez vocês não tenham conseguido chegar lá de fato. Mas a festa ficava no caminho em que vocês estavam *indo* — interrompe uma aluna do último ano. Na hora você passa a odiá-la por toda a eternidade.

— Com todo respeito, isso não é verdade. — A Libby fala com tanta convicção que por um momento até você acredita, e espera que o comitê também acredite. — Minha mãe tem orgulho de ter sido aluna desta escola, assim como minha avó. As duas me contaram histórias sobre trilhas com as amigas na floresta durante o inverno. Como vocês podem perceber, as duas cometeram a mesma bobagem; eu simplesmente esperava honrar uma tradição e a doce lembrança transmitida pelas mulheres da minha família.

O diretor franze a testa, como se tentasse adivinhar se a Libby está inventando tudo ou apenas uma parte da história. A sra. Morris pede para vocês se retirarem enquanto eles discutem.

No corredor, ninguém ousa dizer uma palavra ao longo dos vinte minutos seguintes. Se a ladainha da Libby colar, mais tarde vocês lhe agradecerão. A sra. Morris aparece e vocês são convidadas a entrar novamente. As quatro mal conseguem respirar.

Fredericks está de pé, na cabeceira oposta da mesa.

— Acho que está claro que nenhum de nós está satisfeito com as escolhas que o seu grupo fez na noite de 15 de fevereiro. Vocês burlaram as regras ao saírem às escondidas do alojamento e ao colocarem a própria vida em risco. — Ele segue nessa toada por mais alguns minutos, enquanto você segura firme nos braços da cadeira, até suas juntas ficarem brancas. Isso é tortura. — Como resultado, o comitê decidiu puni-las, proibindo-as de deixar o campus até o fim do semestre. Além disso, vocês terão de comparecer à sala de estudos todos os sábados de manhã, antes dos compromissos esportivos. Por último, estão todas de sobreaviso. Eu garanto que qualquer outra violação das regras da nossa escola *não* será julgada com a mesma clemência.

Spider solta um suspiro.

— E, sra. Monroe, caso seus ancestrais resolvam transmitir outras tradições que transgridam nosso código de conduta estabelecido, a senhorita deve ter a sabedoria de ignorá-los.

A Libby balança a cabeça veementemente. As palavras do diretor estão assentadas: dessa vez você se salvou. Nada de expulsão. Nem mesmo uma suspensão. Só aparecer na sala de estudos? Depois de agradecerem profusamente ao comitê e saírem correndo da sala, vocês quatro se abraçam no corredor.

— Vamos cair fora daqui — você sussurra e volta para a Pennyworth praticamente correndo, sentindo-se tão leve que seria até capaz de voar.

— Acho que meu pai estava certo — a Annabel diz quando vocês já estão distantes o suficiente.

— Sobre o quê?

— Ele disse que ia mandar o advogado dele ligar para o Fredericks. Eu implorei para que ele ficasse fora disso, mas ele insistiu. Quem sabe ajudou?

— Os advogados do meu pai também ligaram — admite a Libby, encolhendo os ombros. — Eles ajudaram com aquela história de "tradição de família".

— Genial, Lib. Não consegui convencer a técnica Clements a não se envolver — diz a Spider, sorrindo. — Você sabe como é quando ela fica uma fera. Acho que ela deve ter dado uma canseira no Fredericks.

Você não diz nada. Ninguém saiu em sua defesa. Pelo contrário, seus pais ficaram furiosos quando você contou o que tinha acontecido. Um nó se forma na sua garganta — o que é ridículo, diante da sorte que você teve. Você poderia ter perdido tudo e sido enviada de volta para casa, para continuar os estudos na Escola de Ensino Médio Hope Falls, ficando marcada para sempre. Você deveria estar se sentindo agradecida e feliz agora. Olhe para as suas amigas — elas estão com os braços entrelaçados ao redor dos seus ombros, como se vocês tivessem acabado de vencer o grande jogo. Deveria ser um momento de comemoração.

Mas, em vez disso, você se sente fraca e sozinha. Uma pobre coitada. Dessa vez você se beneficiou dos poderosos contatos e aliados das suas amigas. Da próxima, pode não ter a mesma sorte.

FIM

SNAPSHOT! #32

Sábado, 15 de fevereiro, 21h35
Festa na floresta

— Annabel! — você grita floresta adentro. Agora você está começando a ficar assustada. Onde será que ela está? Por que saiu correndo sem dizer nada para ninguém? Você e o Henry estão andando pela floresta há quinze minutos. Você acabou de ligar para a Spider, que está perto da fogueira, e a Annabel não apareceu por lá também.

O Henry segura a lanterna erguida para que vocês possam enxergar o caminho. Está tudo escuro e quieto ao redor, e, francamente, a única coisa que impede você de entrar em pânico é o fato de ele estar a apenas um metro e meio de distância.

— Tenho certeza que ela voltou para o alojamento — você diz em voz alta para acalmar o Henry e você mesma.

Ele balança a cabeça.

— Espero que sim. — Quando ele estende a mão para te ajudar a passar por um trecho cheio de pedregulhos, você aceita de bom grado a ajuda, pois seus pés estão te matando. A mão dele está quente e seca apesar do ar gelado, e tudo que você quer é que ele não solte a sua tão cedo. Mas pode pegar mal, por isso você tira a mão. — Ela te contou sobre a noite passada? — ele pergunta num tom cauteloso.

A noite passada. As palavras soam carregadas. Podem significar muitas coisas que você não quer. Algumas semanas atrás, a

Annabel mencionou que ela estava começando a se sentir pronta para ir até o fim com o Henry. Ela estava pensando em tomar anticoncepcional. Ia ser a primeira vez dos dois. Todas as vezes que ela falava sobre isso, você tratava de mudar de assunto rapidinho. *A noite passada*. Ele não vai contar para você nada tão íntimo *assim*, vai?

— Não — você responde, louquinha para pensar em algo, qualquer coisa, e mudar de assunto. Mas deu branco.

— Ah. Achei que ela estivesse brava. — O Henry limpa a garganta. — Nós falamos sobre o futuro. Se faz ou não sentido ficarmos com outras pessoas.

Você fica surpresa. Annabel e Henry, o casal de ouro, ficando com outras pessoas? Instintivamente você sabe que Annabel nunca, jamais ia querer ficar com outro que não fosse Henry. Ela é completamente apaixonada por ele. Até já escolheu o nome dos futuros filhos (Daisy, Sadie e Henry Jr.). Uma coisa é certa: foi o Henry que veio com esse papo de "ficar com outras pessoas", e com certeza era ele que estava em dúvida com relação ao namoro. A sua melhor amiga deve estar arrasada. Apesar de você gostar em segredo do cara há meses, você fica muito triste pela Annabel. Por que ela não te contou nada?

— Eu não tinha a intenção de magoar a Annabel — diz o Henry, com a voz angustiada. — Nunca vou me perdoar se acontecer alguma coisa com ela.

Você acredita nele. Apesar de também conseguir ouvir o que ele não está dizendo, que deve ter sido exatamente o que a Annabel deve ter ouvido a noite passada e o que ela tem tentado negar desde então. O Henry a ama, mas não *o suficiente*.

— Annabel! — você grita na floresta silenciosa. Você precisa encontrá-la. Imagina a dor que ela deve estar sentindo. Você acelera o passo, aumentando um pouco a distância entre vocês.

Sua cabeça gira com mil pensamentos indesejados. Primeiro ele fica com ciúme da sua paquera com Crosby, depois joga a bomba ao dizer que as coisas esfriaram entre ele e Annabel... Será que Henry está interessado em você? Moral da história: você precisa se afastar dele. Não sentir mais aquele cheiro sexy de sabonete-café-madeira. Acabar de vez com essa paixonite.

Se você conseguir.

Ao subir uma pequena elevação, você escorrega em umas pedrinhas soltas e cai. Antes que consiga se levantar, Henry está ao seu lado e estende a mão para você.

Você está a fim de...

→ aceitar. Só porque seu coração está batendo mil vezes por minuto, não significa que Henry esteja sentindo a mesma coisa. Ele só está te ajudando e nada mais. Siga para o snapshot #33 (página 160).

OU

→ resmungar um "estou bem" e se levantar sozinha. Sua melhor amiga está de coração partido. Permitir qualquer contato com Henry faria com que você se sentisse mal. Siga para o snapshot #34 (página 163).

SNAPSHOT! #33

Sábado, 15 de fevereiro, 21h35
Festa na floresta

Você segura na mão do Henry, tentando ignorar a corrente elétrica que parece ser transmitida pelo contato, e ele a ajuda a ficar em pé. Seus corpos ficam a alguns centímetros um do outro. A luz do luar penetra através da copa das árvores.

— Preciso te dizer uma coisa — ele diz baixinho, ainda segurando a sua mão.

Seu coração bate disparado. Dentro da sua cabeça, está uma confusão só. Parte de você implora que ele pare de falar, que não diga nada que torne tudo ainda mais difícil ou mais confuso. Mas fica calada, pois outra parte de você deseja desesperadamente ouvir o que ele tem a dizer.

— Eu falei para a Annabel que eu queria ficar com outras pessoas, mas tenho pensado em uma pessoa apenas. Há semanas.

— Henry, não. — Finalmente você solta as palavras. Você sabe que ele está falando de você agora e tem vontade de beijá-lo, ser a namorada dele, passar cada minuto com ele. Mas as coisas são bem mais complicadas. Melhor continuar andando. Pense na Annabel.

— Podemos esperar. Se você sentir o mesmo. Podemos esperar o tempo que for preciso até que a Annabel esteja em outra, o que sei que vai acabar acontecendo. Também não quero que ela fique triste. — Henry entrelaça os dedos aos seus. — O que você acha?

Zonza de emoção, você recua um pouquinho.

— Não sei. Isso é demais para assimilar. — Quando você olha para o Henry com olhos suplicantes, ele faz a coisa que ao mesmo tempo você mais e menos deseja que ele faça: ele a beija. É o seu primeiro beijo. E é tão suave e carinhoso... Só uma amostra do que poderia ser.

Algo pisca na floresta, atrás de você. Uma câmera.

Quando você ouve o farfalhar das folhas, o remexer das pedrinhas, já é tarde demais. Oona de Campos está com o iPhone erguido e praticamente cai na gargalhada quando olha para a foto na tela.

— Olha só! — Ela ri, entrelaçando os braços ao seu e ao do Henry.

— Não é o que você está pensando — você solta o clichê que as pessoas costumam dizer quando são apanhadas fazendo algo errado.

— Ah, tá! — Oona só ri. Ela mostra a foto para você: seus lábios estão pressionados contra os do Henry. Com certeza é uma prova incriminadora.

— Delete a foto — diz o Henry. — Isso só vai magoar a Annabel.

— Talvez você devesse ter pensado nisso antes de dar um beijo de língua na melhor amiga dela. — Oona solta uma risada malvada. — Mas não se preocupe. Tenho uma ideia de como podemos resolver isso juntos. A Annabel nunca vai precisar ficar sabendo.

— Resolver isso juntos? — repete o Henry.

Isso não soa nada bom. Isso não soa nada, nada bom. Isso soa a chantagem.

— Vocês são dois geniozinhos — diz a Oona. — Poderiam... *me ajudar*. Meus pais estão pegando no meu pé por causa das minhas notas no semestre passado.

Ajudar? Você vai ter de arrumar tempo, mas ensinar não parece ser nada de mais. Você olha para o Henry. Ele não parece nada aliviado.

— Em quais matérias você está precisando de ajuda? — ele pergunta, num tom de voz entrecortado.

A Oona bate com um dedo na cabeça enquanto vocês retomam o passo, de braços dados.

— Não sei. Aquele trabalho de francês é sobre *François le Champi*, não é? Ainda não tive tempo de ler o livro. Acho que vocês podem começar com isso. Basta escrever algumas páginas. Depois eu dou uma olhada para ver se entendi tudo.

— Você espera que a gente faça os seus trabalhos? — você pergunta com a voz um pouco trêmula.

— Bom, sim. Seria uma boa ajuda.

Henry para e desenlaça o braço do dela.

— Isso não é ensinar, Oona. Isso é enganar.

Ela sorri satisfeita.

— É? Bom, acho que você é especialista nisso.

Você está a fim de...

→ se render. Você vai ajudar a Oona com alguns trabalhos. É isso ou perder a sua melhor amiga.
Siga para o snapshot #35 (página 167).

OU

→ não se render à chantagem. Tudo o que você tem a fazer é contar a verdade para a Annabel e arcar com as consequências. Siga para o snapshot #36 (página 170).

SNAPSHOT! #34

**Sábado, 15 de fevereiro, 21h55
Lanchonete Glory Days**

Seu celular vibra com uma nova mensagem quando você está entrando na lanchonete, e o sininho toca anunciando sua chegada. Walter espia por cima do encosto do sofá de costume, e o rosto dele se ilumina quando te vê. Você sorri de volta. Você pode até não estar com o amor da sua vida neste momento, mas pelo menos tem um grande amigo como o Walter. E uma porção de fritas com queijo numa noite fria de inverno. Antes de ir ao encontro dele, você para a fim de ler a mensagem, rezando para que seja da Annabel, mas descobre que é do Henry.

> A Annabel está bem. Estou no quarto de vocês com ela. Você se importa de nos deixar um pouco sozinhos? Obrigado, H.

Você não consegue segurar e sente um aperto no estômago. Que péssimo isso. Você se sente culpada por ser desleal a Annabel, mas não consegue controlar a decepção. Claro que o que você sentiu na floresta — a tensão entre você e Henry — foi coisa da sua cabeça. Você tenta tirar da cabeça a sessão de amassos dos dois enquanto se senta ao lado do Walter.

— Como você conseguiu chegar antes de mim?

— Saímos logo depois de você e do Henry. A Helen... a Hunter... a *Helen* resolveu ir para Nova York para tratar de um assunto de trabalho.

— Ela não aguentou a Oona? — Você pega uma batatinha do prato dele, pois sabe que ele não vai se importar.

— Sei lá. Para dizer a verdade, estou um pouco preocupado com a Helen. Ela parecia fora de si esta noite. Parece que o empresário dela está fazendo muita pressão. Não sei como ela aguenta. — Walter avista a garçonete e gesticula, pedindo outro refrigerante. — E vocês, conseguiram encontrar a Annabel?

— Pelo jeito o Henry acabou de encontrar. Ainda não sei o que aconteceu, mas ela está bem. Está em casa, sã e salva.

Walter olha atentamente para você, como se estivesse tentando resolver se vai ou não dizer o que está pensando.

— Quer saber o que eu acho? Ela notou o jeito como o Henry estava te olhando hoje e ficou com ciúme.

A observação foge tanto aos padrões do Walter que pega você de surpresa. Será que é verdade? Você se lembra da sensação que teve na floresta. Ainda parece forçado — uma vez que Henry e Annabel estão curtindo um pouco de "privacidade" na Pennyworth 304 —, mas talvez não seja tão impossível assim.

Walter inclina o corpo para frente.

— Você seria capaz de sentir o mesmo pelo Henry? Quer dizer, se ele não estivesse namorando a Annabel? — Algo na fisionomia séria dele o entrega. Você sempre desconfiou que Walter sentisse algo por você, mas agora está escrito na testa dele. Antes que você responda à pergunta, seu telefone vibra novamente. Dessa vez é uma mensagem da Annabel.

> O Henry acabou de ir embora. A gente terminou. Estou precisando muito de companhia... e de sorvete de chocolate. Traz pra mim, por favor? Bj

— Eles terminaram — você sussurra para o Walter, surpresa com o desdobramento desta noite. — Não acredito nisso. Eles eram perfeitos juntos.

— Parece que não — ele diz, um pouco seco. — Então o Henry está solteiro.

Você o encara.

— Não estou nem pensando no Henry. Estou preocupada com a Annabel. Ela deve estar arrasada.

— Claro — diz o Walter. — Eu sei. Ela tem sorte de ter você como amiga. — Ele empurra o prato de fritas. — Assim como eu. Sério, espero que você saiba quanto a nossa amizade significa para mim.

— Também significa muito para mim — você responde, esticando o braço para alcançar a mão dele. Seu coração dói ao ver a tristeza por trás do sorriso dele. Por que o amor não é mais simples? Por que você não pode pegar o que sente pelo Henry e transferir para o Walter?

— Vamos nessa? — ele pergunta.

Você assente, acenando para a garçonete.

— Um pote de sorvete de chocolate para viagem e a conta, por favor.

Vocês acertam tudo e seguem para o campus. A conversa fica calma enquanto vocês andam sob a neve fina que cai. Quando finalmente se despedem, o Walter lhe dá um abraço.

— Diz para a Annabel aguentar firme.

— Pode deixar — você diz, e dá um beijinho de despedida no rosto dele.

FIM

SNAPSHOT! #35

Quinta-feira, 10 de abril, 13h15
Auditório Morgan

Muito discretamente, você estica o dedo indicador direito, cuja unha está roída até o talo, e bate sobre o tampo de fórmica da carteira. Uma batida significa A. Duas, B. Três, C. Nenhuma batida quer dizer que a Oona deve marcar a lápis a bolinha da letra D. Você dá uma olhada para a sua unha. Ela parece muito pior do que está: em carne viva, vermelha e sangrando por causa dos repetidos ataques.

Você escuta a Oona rabiscando com o lápis número dois. Você passou a detestá-la. No começo, sentia vontade de pular por cima da mesa da biblioteca e estrangulá-la cada vez que ela aparecia com uma lição nova para fazer — normalmente para o dia seguinte. Aparentemente Oona enrolava com a lição até quando tinha *outros* para fazer por ela. Dois meses depois, seu sentimento era ainda pior: uma resignação sombria pela barganha faustiana que você havia feito. Uma aceitação aborrecida de que você será esmagada pela carga dupla de trabalho num futuro próximo, a menos que os pais da Oona resolvam tirá-la da escola, ou que um dos namorados mais velhos e sinistros dela resolva transformá-la em uma noiva adolescente.

A sra. Harriman, a idosa inspetora de alunos, não tira os olhos da revista que está lendo. Existe um código de honra na Kings, e, francamente, ninguém ia desconfiar de que você está passando cola. Você tem uma reputação de boa menina. Estudiosa e honesta. Claro, você sabe muito bem disso.

E o Henry também. Ele está sentado no fundo da sala, debruçado sobre a prova. Você não falou mais com ele desde a noite da festa, mas está na cara o alto preço pago nas últimas semanas — claro que a Oona também tem recorrido aos serviços dele. Henry está com olheiras profundas e a pele dele parece amarelada. Mesmo assim, ele continua lindo — mas algo mudou entre vocês, até na forma como você pensa nele. Talvez tenha sido a Oona, ou apenas seu sentimento de culpa por causa daquele beijo que aconteceu pelas costas da Annabel, mas é melhor evitar o contato com Henry. Depois que terminou com Annabel, ele anda enfurnado no jornal — razão pela qual você saiu da equipe. A última coisa que você quer agora é trabalhar com Henry em um artigo. Trabalhar tão perto dele foi o que causou todo o problema.

Você estende o dedo indicador outra vez e bate três vezes. A resposta para a questão vinte e oito é C. Resíduos metabólicos. Você bate duas vezes para a questão vinte e nove, e na hora a Oona marca a opção. Talvez haja certa justiça poética nisso tudo. Ao ser apanhada traindo sua melhor amiga com o namorado dela, você é forçada a passar cola para a Oona pelo resto do ano. Talvez mais. Você não consegue imaginar quando essa chantagem vai terminar — isso provoca uma daquelas dores de cabeça dilacerantes que te deixam acordada a noite toda, ouvindo a respiração suave da Annabel, na cama de baixo do beliche.

Talvez a vida ficasse mais fácil se você desistisse da Kings e voltasse para casa. A escola pública de ensino médio local não era das melhores, mas também não era torturante. Alguns professores talvez fossem um pouco indiferentes, mas pelo menos você não teria enfrentado um nível tão alto de estresse que fez seus cabelos caírem até entupir o ralo do chuveiro. Mas, é claro, você teria de deixar para trás a Annabel e os seus amigos, além de desistir das oportunidades incríveis que um diploma da Kings pode oferecer. E por isso você ainda está aí. E por isso está batendo na mesa para dar a resposta da questão trinta.

Você leva o maior susto quando a sra. Harriman grita avisando que o tempo acabou. Você pousa o lápis sobre a carteira e sente um alívio momentâneo por não ter de dar mais nenhuma resposta para Oona. Não que tenha acabado. No fundo você sabe que está longe de acabar.

FIM

SNAPSHOT! #36

Sexta-feira, 28 de março, 13h40
Refeitório Hamilton

Você vê Annabel na fila do pão e gela, como acontece toda vez que ela aparece. Tem sido impossível evitar sua ex-melhor amiga, assim como Libby, Tommy ou Lila, que passaram por você no pátio e nem olharam. Libby, a líder do grupo, mandou até fazer uma camiseta com a frase "Time Annabel". A hostilidade contra você é tão forte que até parece que você beijou o namorado de *todas elas* pelas costas. Mas você não as culpa por odiá-la. Nem um pouquinho. Se tivesse ouvido a história — ou visto a sua foto de lábios colados com o Henry que a Oona tirou —, você também teria ficado chocada. Tem coisas que os amigos nunca devem fazer. E você violou a regra básica. Nem Spider conseguiu passar por cima dessa.

Suas amigas requisitaram sua transferência para um quarto individual, pedido atendido pela escola, por isso agora você está morando sozinha. Spider foi contrária à decisão, mas acabou tomando o partido da Annabel. Na verdade, foi até um alívio deixar para trás a tensão horrível e o silêncio sepulcral daquele apartamento. E isso deu a você e ao Henry um pouco de privacidade. Seu novo quarto é minúsculo, mas a monitora do seu andar não está nem aí, o que significa que ele pode vir estudar com você todas as noites. Às vezes, ele até acaba ficando para dormir, e vocês passam a noite espremidos na cama de solteiro. Quanto mais vocês ficam juntos, mais querem ficar. Às vezes é assustador se sentir tão vulnerável e com a cabeça na lua por causa dessa paixão. Afinal de contas, há alguns meses a Annabel se sentia do mesmo jeito. E o Henry parece sentir o mesmo por você. Na verdade, ele até te convidou para passar uns dias, durante o verão, na casa de praia da família dele, em Cape Cod.

Você escolhe uma cadeira na ponta de uma longa mesa vazia e senta com seu prato de sopa e sua salada, desejando ter uma daquelas capas de invisibilidade do Harry Potter. Enquanto engole a comida o mais rápido possível, você vê Annabel se sentando a uma mesa algumas fileiras adiante, cercada de amigas. A julgar pelas aparências, ela superou e está tocando a vida. Claro que você nunca vai saber exatamente o que está por trás das aparências. Você sabe que magoou de verdade a sua melhor amiga. É duro pensar nisso, mas às vezes você se força a imaginar Annabel chorando no sofá da sala, com uma caixa de lenços ao lado, tentando entender como a melhor amiga dela e o namorado puderam abandoná-la. Visualizar essa cena faz com que você se sinta uma vadia sem coração. Será que você é isso mesmo? Afinal de contas, você roubou o namorado da coitada.

Você apanha seu prato vazio e a tigela e segue na direção da esteira que vai levar tudo para um lugar cheio de máquinas de lavar louça. É chato comer rápido e sozinha. A sua fome foi saciada, mas você não se sente satisfeita.

É provável que um dia alguém — talvez o próprio Henry — também parta o seu coração. E então você vai merecer sofrer, pelo menos um pouquinho.

FIM

SNAPSHOT! #37

Domingo, 16 de fevereiro, 00h37
Oberon

O segundo beijo a surpreende quase tanto quanto o primeiro. Ele desperta um frenesi dentro de você, nada parecido com aquele da vista de Nova York do alto, quando o avião estava pousando. É tão bom que quaisquer dúvidas que você tinha desaparecem da sua cabeça. Você está beijando um cara com quem adora ficar. Ele é adorável. Inteligente. Gentil. E daí se não é o mais popular? E daí se ele usa o mesmo modelito todos os dias? E daí se a Libby vai ficar falando? E daí?

— Arranjem um quarto! — diz a Hunter, aproximando-se. Você sente o rosto ficar vermelho, mas ainda bem que o clube é muito escuro para que alguém consiga enxergar. O Walter pega sua mão. — Adivinha quem vai estar no próximo filme do Scorsese? — a Hunter diz. Ela fala super-rápido e faz um barulho esquisito, como se estivesse rangendo os dentes. Talvez seja a emoção por ter conhecido o lendário diretor... e possivelmente descolado um papel no próximo projeto dele. Mas você desconfia que seja algo mais. Será que a Hunter está usando drogas?

— Uau, Hel, isso é fantástico. Conta tudo — diz o Walter, ainda segurando sua mão. Você pensa se ele percebeu algo estranho no comportamento da prima. Ele parece estar observando-a atentamente.

Enquanto Hunter conta tudo, falando a mil, você tenta escutar, apesar de ainda estar atordoada com o que acabou de acontecer com Walter. É muita coisa para processar. Será que vai dar certo namorar o seu melhor amigo? Em vários sentidos, isso é perfeito. Mas ao mesmo tempo também é um pouco assustador. Se não der certo, lá se vai uma grande amizade.

— Você acha que a gente devia voltar para o campus? — pergunta Walter, interrompendo seus pensamentos.

— O aviao vai estar pronto quando vocês quiserem — diz Hunter. — Vou ligar para o piloto. Acho que vou passar a noite aqui. — Ela esfrega os braços como se estivesse trancada dentro de uma câmara frigorífica, quando na verdade o clube está um forno.

— Quer ficar com o meu suéter? — você pergunta.

— O quê? Não, não, estou bem.

Depois das despedidas, você e o Walter saem do clube e dão de cara com os paparazzi esperando para tirar a última foto da noite. Vocês caminham juntinhos até o carro, mas é claro que os fotógrafos não se interessam por um casal de desconhecidos. Mesmo assim, você sente a mão do Walter nas suas costas, empurrando-a apressadamente num gesto protetor pela porta aberta do carro. Como tanta coisa pode ter mudado entre vocês tão rápido? Você literalmente nunca pensou no Walter como um namorado em potencial, e agora o toque da mão dele lhe dá arrepios.

Logo em seguida, a porta do clube se abre, e a Hunter, que está um pouco desgrenhada, desce os degraus aos tropeços. As câmeras pipocam.

— Walter! — ela chama pelo primo e vocês voltam correndo.

— Escuta, não conte nada para os meus pais sobre o que aconteceu esta noite, tá? Eles odeiam quando eu vou a clubes noturnos ou coisas do tipo. Fica entre nós, ok?

Ela parece estar passada. Está na cara que aconteceu alguma coisa. O Walter dá um beijo no rosto dela.

— Te ligo amanhã, Hel. — Claro que ele também está tão preocupado quanto você, mas agora, na frente de uma dezena de fotógrafos doidos para flagrar algo, não é o momento para um confronto. A Hunter dá meia-volta e corre para o clube, e vocês dois pegam o caminho de casa, para onde, de repente, você está louquinha para voltar.

↳ Para saber o que vai acontecer com você, o Walter e a Hunter, siga para o snapshot #37A (página 175).

SNAPSHOT! #37A

Domingo, 16 de fevereiro, 10h05
Lanchonete Glory Days

— Você está fazendo muito segredinho — diz a Libby, empurrando o prato de panquecas praticamente intocadas para apoiar os cotovelos na mesa. — Você chegou em casa depois das duas. Pode ir falando, mocinha.

Normalmente são as suas amigas que têm as novidades mais quentes para contar, por isso é esquisito saber que agora é a sua vez de despejar tudo. O encontro com a Hunter, prima do Walter. O voo para Nova York. O beijo do Walter. Você não sabe como elas — ou melhor, a Libby — vão reagir a essa última novidade, mas decidiu fingir que não está nem aí. Quem sabe logo você não se importe mesmo.

Você abre a boca para falar, mas, antes que consiga dizer alguma coisa, o celular da Libby apita para avisar que chegou um novo e-mail. Ela dá uma olhada na tela e arregala tanto os olhos que eles ficam parecendo os pratos gigantes da Glory Days. Surpresa, ela olha para você e passa o celular para a Annabel sem dizer nada. E então é a vez de a Annabel levar um susto. Ela também olha para você. Essa não. Você tenta pegar o celular, mas a Spider chega antes.

— Você saiu com a *Hunter Mathieson* na noite passada? — a Spider praticamente berra, fazendo com que as pessoas olhem para a mesa de vocês.

Agora decididamente você parou de respirar. O celular da Libby finalmente chega às suas mãos e você olha horrorizada para a foto em que aparecem você, o Walter e a Hunter na frente da Oberon na noite passada.

— De onde veio essa foto? — você pergunta para a Libby, agitadíssima. Quebra do toque de recolher. Sair do campus. Menor de idade entrando num clube noturno. Isso tudo é muito, muito ruim. Expulsão na certa.

— Alguém me enviou. Espera. — A Libby se recosta, balançando a cabeça. — Parece que está circulando pela escola toda. Algum site de celebridades deve ter postado hoje de manhã. Você tem ideia de como isso é legal?

— Você tem ideia de como estou frita?

— Quem sabe a foto nem chegue às mãos do Fredericks — diz a Annabel, mas você percebe que no fundo ela também está preocupada.

— Ou nas mãos de *qualquer* um dos professores. — Será o fim para você. E para o Walter. Toda a felicidade que você sentiu quando acordou desapareceu.

— Conta tudo — insiste a Libby, mais preocupada com a fofoca de celebridade do que com a sua possível expulsão. Está na cara que ela não está nem um pouco preocupada com você. — Como você conheceu a Hunter? Quero todos os detalhes. — Ela espeta uma panqueca do prato há pouco abandonado e a lambuza de manteiga. — Só depois que você contar tudo eu vou te perdoar por não ter ligado e convidado a gente para ir junto.

Antes que você possa dizer uma palavra, Walter irrompe pela porta da lanchonete. Ele parece tão chateado que você nem tem tempo de reagir quando o vê pela primeira vez desde que se despediram na frente do seu quarto com um beijo de boa-noite.

— Você viu a foto? — ele sussurra, sentando-se ao seu lado no sofá.

— Acabei de ver.

— E eu acabei de receber uma ligação do Fredericks. Ele quer ver a gente na sala dele daqui a uma hora.

— Tá brincando. — Você não consegue respirar. A expulsão parece inevitável. Voar para Nova York sem permissão depois do toque de recolher? Nem suas colegas de quarto sabiam dos seus planos. Isso foi imprudente, uma estupidez. Por que você não pensou melhor?

— Escuta, vou assumir toda a responsabilidade por isso — diz Walter. — Eu te obriguei a ir comigo. Não tem por que nós dois sermos expulsos.

Uau. Ele é muito melhor do que você pensava. Mas você não vai permitir que ele assuma tudo sozinho.

— Esquece — você diz para ele. — Estamos juntos nessa. Mas tenho uma ideia.

É uma ideia arriscada, mas é tudo o que lhe resta.

↳ Será que você vai ter uma segunda chance ou vai ser expulsa? Descubra no snapshot #37AA (página 178).

SNAPSHOT! #37AA

Domingo, 16 de fevereiro, 11h15
Sala do diretor Fredericks

— Deixem-me ver se entendi direito — diz o diretor, empurrando para trás a cadeira e contornando a imensa mesa de mogno para se recostar na frente. — Vocês dois quebraram o toque de recolher e voaram para Manhattan sem permissão da escola ou dos seus pais a fim de confrontar Hunter Mathieson, que é prima do Walter, sobre o problema dela com drogas? Para ajudá-la a sair dessa e convencê-la a cooperar com a campanha antidrogas que será lançada pelo nosso Conselho Estudantil e divulgada na internet? — Pelo jeito a noite do Fredericks também foi longa, o que de fato foi mesmo: suas colegas de quarto contaram que ele invadiu a festa quando ela estava bombando e pegou no mínimo quatro alunos do último ano antes que eles fugissem para a floresta. Normalmente, o Fredericks anda todo arrumadinho, mas hoje ele está com a barba branca por fazer e de chinelos. Isso faz com que ele pareça um pouco menos assustador.

— Senhor, foi um erro — inicia o Walter, seguindo o roteiro que vocês ensaiaram no caminho da lanchonete até a escola, entre ligações desesperadas para a Hunter.

— Mas foi um erro cometido com a intenção de ajudar a escola — você completa e explica que, depois que a Hunter sair da clínica para tratamento de dependentes químicos, prometeu narrar uma série de curtas antidrogas. E que ela vai usar todos os contatos que tem com diretores e produtores de Hollywood para garantir a qualidade dos filmes. Tudo isso é uma grande vitória para a Kings e para a missão do comitê antidrogas. É a ajuda que você e o Walter, que são companheiros de comitê, esperavam obter.

Depois de terminar, você relaxa um pouco, tentando pescar se o Fredericks engoliu a história. Ele esfrega as sobrancelhas.

— Não posso deixar de dar uma advertência por terem quebrado o toque de recolher. Regras não foram feitas para ser quebradas, e vocês poderiam ter sido expostos a uma situação de perigo.

Apesar do tom enérgico, você sente uma ponta de esperança.

— Mas vocês dois são alunos exemplares. E esses filmes parecem que vão valer a pena. Sala de estudos todos os sábados até o final do ano.

Ufa!

Você tem a sensação de que está ouvindo um coral cantando aleluia e tem certeza de que o Walter sente o mesmo. Sala de estudos? Estudar significa que você ainda está na Kings!

— E vou acompanhar todo o projeto, é claro. Nada será lançado antes que eu dê uma olhada e faça meus comentários.

— Claro, diretor — diz o Walter.

— Uma campanha como a que vocês estão descrevendo vai obter reconhecimento nacional — Fredericks diz, retornando para a cadeira. — Muito bem. Mas que esse tipo de proeza nunca mais se repita, fui claro?

Passados alguns minutos, depois que vocês saíram voando da sala do diretor e estão de volta ao ar frio de inverno, o Walter a abraça.

— Você salvou o dia — ele diz. Uma sensação de alívio percorre suas veias, misturada com a excitação por estar tão perto dele. Essa foi por muito, muito pouco. Agora tudo que vocês têm a fazer é produzir a campanha, mas isso também vai ser divertido. A Hunter vai receber a ajuda de que precisa, e você vai passar mais tempo com o Walter. Aliás, essa é a melhor parte da história.

FIM

SNAPSHOT! #38

Domingo, 16 de fevereiro, 00h15
Oberon

— Bom, vamos encerrar a noite? — Walter indaga baixinho.

— Claro! — você responde num tom agudo, rezando para não ter soado tão desesperada para ir embora quanto está. A situação com o Walter ficou para lá de estranha rapidamente. Desde que você virou o rosto para o segundo beijo que ele tentou lhe dar, vocês continuaram na pista de dança, sem olhar um para o outro, tentando agir como se nada tivesse acontecido. Isso foi uma ou duas músicas atrás, mas parece que foi há horas. O Walter ficou meio sem graça. Você não sabe o que dizer, nem se tomou a decisão certa ao não deixar as coisas passarem disso.

A Hunter sumiu. Numa área um pouco menos movimentada, perto da entrada, o Walter tenta ligar no celular dela, mas, após várias tentativas, acaba enviando uma mensagem curta. Segundos depois, ele recebe a resposta e franze a testa ao ler.

— Hum, que estranho — ele diz, mais para si mesmo.

— Aconteceu alguma coisa?

— Não, não. A Hunter disse que o avião está esperando pela gente, e que ela vai dizer para o piloto nos levar para casa assim que chegarmos.

— E?

— É estranho que ela esteja em algum camarote VIP, a alguns metros de distância, e nem se dê ao trabalho de vir se despedir da gente pessoalmente. Essa não é a Helen que eu conheço. — Ver o Walter magoado outra vez é muito para você; a primeira foi por culpa sua, e agora da querida prima dele. Você se aproxima e toca no braço dele. Ele olha de relance dentro dos seus olhos. — Acho melhor a gente ir.

Vocês seguem em direção à porta. Você está com um nó na garganta e não consegue deixar de pensar que cometeu um erro e que não tem como voltar atrás. O Walter segura a porta para você. Em seguida desce a calçada para chamar um táxi para levá-los até o Aeroporto Teterboro, que, apesar de ficar fora da cidade, ainda é o mais próximo para aviões de pequeno porte pousarem. Por falar nisso, a corrida do táxi não fica nada barata, mas você desconfia que ele não vai deixar você rachar. Ele é sempre um perfeito cavalheiro e um amigo generoso. Sério, não tem ninguém de quem você goste mais do que do Walter. Você se lembra de todas as noites que vocês passaram no quarto dele vendo filmes antigos. De todas as reuniões chatas do Conselho Estudantil em que vocês ficaram trocando bilhetinhos. Será que você deveria dar uma chance para ele? Está mais do que claro que o clima entre vocês mudou desde aquele primeiro beijo — que mal há em saber para onde poderia levar o segundo?

E aí, enquanto o táxi circula por Manhattan, você se inclina no banco de trás e beija seu melhor amigo. E é ainda melhor da segunda vez.

— Preciso ir devagar com isso — você diz para ele. — Ainda não sei direito o que eu quero, e não quero te magoar.

— Eu sei — diz o Walter, nas nuvens. — Sem pressão. Vamos ver no que vai dar. Veja como você se sente. — Você se aconchega e deita a cabeça no ombro dele. A sensação é boa, calma e excitante ao mesmo tempo. A verdade é que você não consegue imaginar uma sensação melhor.

FIM

SNAPSHOT! #39

Domingo, 16 de fevereiro, 00h29
Oberon

— Aonde você vai? Espera! — Uma onda de pânico percorre seu corpo. Por que você foi contar a conversa que ouviu no banheiro feminino? Na hora, o Walter sai à procura da prima. — Você sabe que não pode confrontar a Hunter no meio de uma festa, não sabe?

Pelo modo como ele continua costurando em meio à multidão que lota o clube, não dá para saber se ele ouviu ou não. Você vai atrás. Finalmente, ele avista o cara de cavanhaque com quem a Hunter conversou quando vocês chegaram.

— Você viu a minha prima? — ele pergunta.

— Hum, ela deve estar no camarote VIP — responde o cara, apontando com o ombro para os fundos do clube antes de retomar a conversa que estava tendo. O Walter sai correndo novamente, agora na direção de uma discreta porta preta.

— Sem chance — diz o segurança sentado do lado de fora.

— Eu sou primo da Hunter Mathieson. Ela está aí dentro?

— Claro que é. Sinto muito, cara.

— Só me diz se ela está aí dentro!

O segurança fica em pé — todos os seus cento e trinta quilos.

— Você vai ter que ir embora agora — ele diz para o Walter. Seu tom de voz é grave e firme, mas a sugestão não foi nada gentil.

O rosto do Walter agora está tão vermelho de nervoso que você está com medo de que ele possa fazer alguma bobagem — como entrar numa briga com o armário que está no caminho dele. Então você se coloca entre os dois.

— Será que não podemos dar só uma entradinha para ver se ela está lá dentro? — você pergunta educadamente, no mesmo tom de voz da guia que acompanha as visitas na Academia Kings. O segurança nem se dá ao trabalho de responder, fazendo com que você se sinta pateticamente criança e fraca. Desde que chegou você está se sentindo deslocada, mas nada comparado a este momento. Você se sente responsável pela angústia do Walter, uma vez que foi você quem contou a história. E se tudo não passar de um boato sem fundamento? E se ele estiver sofrendo todo esse desgaste por nada?

Por mais desagradável que seja essa situação, você está grata — estranhamente — pelo fato de Walter não estar mais de papo com Carly, a Magnífica. Em vez disso, ele está discutindo com um homem capaz de erguer vocês dois de uma só vez sem derramar uma gota de suor.

— Peça outra vez e os dois vão para a rua — late o segurança. Walter abaixa a cabeça, mas seus pés não saem do lugar.

— Oi, Sal — diz Carly, surgindo por trás de você e dando um beijo nas duas faces do segurança. Para a surpresa de vocês, Sal *sorri* para ela. — Você está sendo malvado? Eles são meus amigos. O Walter aqui é primo da Hunter.

— Eu não sabia que eles estavam com você, querida. — Sal abre a porta sem hesitar e deixa vocês três entrarem. Walter agradece muito a Carly, e você sente vontade de sumir em um buraco no chão.

Na sua opinião, o camarote VIP é tudo menos fabuloso. Sinistro e assustador seria uma descrição mais precisa. É ainda mais escuro que o clube, uma caverna gótica com paredes forradas de veludo vermelho e sofás de couro preto. Assim que seus olhos encontram a Hunter, seus maiores temores se confirmam. Ela e os amigos — que aparentam ser o pior tipo de vermes da noite — estão amontoados em um sofá, com várias linhas de um pó branco sobre a mesinha na frente. Um dos membros do grupo cheira uma das linhas, despertando Walter do estado letárgico.

— Precisamos conversar — ele diz para a prima ao se aproximar da mesa. — Agora. — Você se impressiona com o tom autoritário e decidido. Carly também olha admirada para ele. Hunter gagueja um pouco, talvez tentando formular uma defesa, mas acaba desistindo e obedece. Você e Carly ficam de lado enquanto Walter leva a prima para um canto.

— Ele é um cara incrível — diz Carly. — Vocês são muito amigos?

Você sabe exatamente o que ela está querendo saber.

— Extremamente íntimos — você responde, esperando que ela saque a insinuação e caia fora. Mas pelo jeito não funcionou. A Carly parece ter percebido logo de cara o que você demorou meses para ver: que o Walter é um partidão.

Vocês duas olham para o canto. Hunter concorda com um aceno de cabeça, e Walter a pega pelo braço e a leva para fora, passando por dentro do clube em direção à rua. Você e Carly seguem caladas. Você vê de relance o rosto da Hunter, a vergonha nos olhos dela tão clara quanto a decepção nos olhos do Walter.

↳ Será que o Walter vai conseguir ajudar a prima? Para descobrir, siga para o snapshot #39A (página 187).

SNAPSHOT! #39A

Quarta-feira, 4 de junho, 10 horas
Pátio

A neve se foi e o campus agora está cheio de vida e corpos à mostra. Os alunos tomaram conta do pátio viçoso, abrindo mantas no chão, tomando sol, jogando frisbee, fingindo que estão lendo enquanto observam o vaivém das pessoas. Alguém colocou umas caixas de som no telhado da Pennyworth e agora Bob Marley bomba no ar perfumado de madressilvas.

Muita coisa mudou desde a Sonho de uma Noite de Inverno.

O Walter, para começar. A Carly não apenas fez dele uma lenda no campus quando veio visitá-lo pela primeira vez, mas também o transformou no gato da vez — mudando sutilmente, ao longo dos últimos meses, o cabelo e o guarda-roupa dele. A notícia de que ele é primo da Hunter também abriu as portas da estratosfera social da Kings — não que ele se importe muito.

Você está feliz por ele, mas não tem dúvida de que o namoro com a Carly colocou uma barreira na amizade de vocês. Seu ciúme inesperado quando ela entrou em cena revelou o que você de fato sentia pelo Walter. Mas não foi o suficiente, e já era tarde — agora com a Carly sempre por perto, você não o vê mais com a mesma frequência de antes.

Por insistência do Walter, a Hunter foi para a casa dos pais depois de passar noventa dias em uma clínica para recuperação de dependentes químicos. O problema dela com as drogas não vazou na mídia, o que permitiu que a cada dia ela se fortaleça mais, sem a intromissão dos paparazzi. O Walter contou para você que ela está dando um tempo no trabalho e pensando em mudar de empresário. E, agora que os pais dela entenderam a pressão que ela vinha sofrendo, acabaram se envolvendo mais da vida dela. Você está feliz por não ter se calado.

Aquele não foi o único acontecimento que botou fogo naquela noite fria de fevereiro.

Ao entrar no apartamento na ponta dos pés, às três da madrugada, você levou o maior susto quando encontrou a Annabel se acabando em lágrimas, sentada no sofá, entre a Libby e a Spider. Para sua surpresa, ela e o Henry tinham terminado oficialmente. Parece que ele disse que queria ficar com outras pessoas e ela relutou em permitir. No entanto, três meses depois, o Henry ainda continua solteiro. Você teria ouvido falar se ele tivesse ficado com alguém. Ele estava tão casto quanto... bom, quanto você. Em nome da sua lealdade à Annabel, desde que eles terminaram, o pouco que você tem falado com o Henry é sobre o trabalho no jornal. Mas às vezes você o pega olhando para você durante as reuniões de equipe de um jeito que... bom, se não fosse tão maluco, daria até para imaginar que o Henry está interessado em você. Em outras ocasiões, ele parece estar prestes a dizer algo antes de mudar de ideia e falar uma coisa qualquer sobre o jornal.

— Espero que o Worth só dê as médias finais e depois dispense todo mundo — diz a Libby enquanto vocês seguem para o prédio de história. — Quer dizer, qual o sentido de assistir mais uma aula inteira? Até parece que vamos fazer mais alguma prova ou algo assim.

Hoje é o último dia de aula. Adeus, primeiro ano. Seu pai vai vir amanhã para encher a perua com as suas coisas e levá-la para casa em Hope Falls, onde um verão agradável a espera, lendo na rede do quintal e trabalhando no acampamento infantil. Você nunca se sentiu tão ansiosa para voltar para a sua cidade. O primeiro ano foi ótimo, em vários sentidos, mas você está precisando recarregar as baterias.

— Ei, pessoal! — chama o Walter, correndo para alcançá-las.

— Oi, Wal! — responde a Libby, toda sorrisos. Você sempre fica feliz em vê-lo, mas é engraçado perceber como agora a Libby também se ilumina quando o Walter aparece. Você se lembra de como ela costumava resmungar cada vez que ele aparecia no quarto de vocês.

— Já está com tudo pronto? — você pergunta.

— Quase tudo. Estou muito feliz em te ver. Eu estava com medo que você fosse embora sem falar tchau.

— Walter, eu nunca faria isso! Você sabe que eu ia atrás de você amanhã. Além do mais, meu pai quer te ver.

— Na certa é para esfregar na minha cara a temporada de recordes do Red Sox. — Walter ri. — Escuta, eu estava pensando se você não quer passar uns dias em Martha's Vineyard no verão. Talvez em agosto, depois que o seu acampamento acabar. Meus pais iam adorar te receber. — Ele parece sem jeito quando faz o convite. — Essa primavera foi muito agitada, e nós não conseguimos ficar muito tempo juntos. Seria muito bom se a gente se encontrasse.

Você não consegue imaginar nada melhor e aceita o convite. Talvez haja espaço na vida dele para a Carly e para a amizade de vocês. Você segue pelo viçoso jardim, tão lindo quanto os dos filmes de orçamento milionário da Hunter. O verão promete.

FIM

SNAPSHOT! #40

Domingo, 16 de fevereiro, 11h05
Refeitório Hamilton

— Por que toda essa tristeza? — a Annabel pergunta assim que você se senta à mesa do refeitório, com um prato de panquecas de banana, de longe a melhor coisa que eles servem. Se pelo menos você tivesse vontade de comer. — Pode acreditar que a sua noite com as estrelas de Hollywood foi muito mais incrível que a festa de ontem. Para dizer a verdade, a festa foi um horror. A Libby ficou bêbada, a Oona acabou lhe dando a coroa de Caloura Trapalhona e os rapazes deram um banho de cerveja nela. A Spider e eu tivemos de carregá-la para casa, com a coitada tremendo de frio. Aposto que ela vai dormir o dia inteiro.

Você espeta uma panqueca, ainda sem saber como contar para suas amigas que não foi o fato de ter perdido a festa de ontem que te deixou de baixo-astral, e sim a lembrança da paquera entre o Walter e a Carly. Estava na cara que eles estavam a fim um do outro — você praticamente teve de usar um pé de cabra para arrancar o Walter da modelo pernuda e o avião não precisar ficar esperando por vocês por muito mais tempo. Mesmo assim, eles combinaram de se encontrar novamente. Você sabe que deveria estar feliz pelo seu melhor amigo ter conseguido conquistar uma garota-troféu como aquela, mas não está. Nem um pouco.

E a sua consciência também está incomodando. Na verdade, você ouviu por alto um papo de que a Hunter está usando drogas. Será que você não deveria ter contado para o Walter? Se a conversa for verdade, isso pode afetar a saúde e o bem-estar da prima dele. Ele ia querer saber.

— Abre o bico — diz a Spider em tom de comando. — Por que você está com essa cara de quem está morrendo de vontade de fazer picadinho dessas panquecas?

E de repente você está contando para Spider e Annabel tudo que se passa na sua cabeça: a possibilidade de você estar gostando do Walter, a sua preocupação por causa da Hunter, o medo de que você possa simplesmente ter deixado escapar um cara legal porque não percebeu que ele era a pessoa certa para você. Elas só ouvem, absorvendo tudo, e então, enquanto você ainda está falando, a Annabel pega o seu casaco do encosto da cadeira e o estende para você.

— O que você está esperando? — ela pergunta.

Spider joga a chave e o celular na sua mão.

— Confie em mim, se o Walter souber que você gosta dele, essa tal de Carly já era. Você precisa falar com ele.

Será que elas estão certas? Será que você está preparada para entrar de cabeça nessa?

Depois de oito minutos de puro nervosismo, você está com a mão prestes a bater na porta do Walter, meio que esperando que ele não esteja em casa. O que você vai dizer se ele estiver? Vai implorar que ele esqueça a gata com cara de capa da *Vogue* que deu em cima dele na noite passada e dê outra chance para você?

Walter não demora para atender, os cabelos molhados de quem acabou de sair do banho. De calça de moletom e camisa velha de flanela — e não seu Walniforme de sempre —, ele está à vontade e muito gato. Como de costume, tem uma caneca de café na mão. O Walter é a única pessoa que bebe mais café do que você. Mas ele compra um café gourmet importado para começar o dia, enquanto você engole a porcaria que servem no refeitório sem pensar duas vezes.

— Está tudo bem? — ele pergunta, analisando seu rosto.

Palavras. Frases. Isso tudo seria muito útil neste momento.

— Hum, posso entrar um segundo? — você pergunta.

— Claro! Quer café? Acabei de fazer.

— Obrigada. — Você se senta no sofá de lã xadrez que era dos pais dele e tenta pensar num jeito de começar a conversa.

— Escuta, acho que eu lhe devo um pedido de desculpas pela noite passada — ele diz. — Espero que eu não tenha te deixado numa situação desconfortável.

Você limpa a garganta.

— Na verdade, Walter, eu me *senti* desconfortável sim. Eu devia estar feliz por você ter conhecido aquela garota linda que parece ter tanto em comum com você. Mas te ver com a Carly fez com que eu sentisse... bom, ciúme. — Você nunca se sentiu tão exposta em toda a sua vida, mas pelo menos conseguiu dizer tudo. Mesmo que leve um fora, o que parece bem provável, dada a competição, você tentou.

O rosto do Walter não diz nada.

— O que você está dizendo? Que ficou com ciúme porque pensou em mim como algo mais que um amigo? — Ele senta na mesinha de centro, de frente para você. É difícil olhar nos olhos dele. É muito louco como esses novos sentimentos pelo Walter vieram à tona. Ou será que você sempre sentiu isso?

— Bom, é. É isso mesmo. Acho que sim. — Você escuta seu coração batendo disparado. O Walter deve estar ouvindo também.

Quando você percebe, ele se inclina para frente e te beija. E é perfeito. Você sente uma onda de alívio, seguida por uma grande euforia. Esse é um daqueles momentos mágicos em que tudo parece se encaixar.

— Você sabe que eu sou louco por você — diz o Walter carinhosamente, o que a derrete ainda mais. — Sempre fui. Eu estava perdendo as esperanças de que um dia você fosse sentir o mesmo.

Você se aproxima e lhe dá um beijo na boca. É surreal, só que no melhor sentido. Você está tão passada que só depois de mais alguns momentos apetitosos se lembra da Hunter.

— Tem mais uma coisa que eu preciso contar — você diz, afastando-se um pouquinho. — Talvez não seja nada de mais. Foi uma conversa que eu ouvi no banheiro feminino na noite passada e que não sai da minha cabeça. Umas garotas insinuaram que a Hunter pode ter problema com drogas. Elas nem eram amigas dela. Mesmo assim, achei que você precisava saber.

Para a sua surpresa, o Walter só balança a cabeça.

— Estava acontecendo alguma coisa ontem à noite. Ela desapareceu naquele camarote e nem se deu ao trabalho de sair quando enviei uma mensagem avisando que a gente estava indo embora. Ela só mandou uma mensagem com um tchau. E eu não estava longe. Isso não é típico da Helen. Vou investigar a fundo seja lá o que estiver acontecendo com ela. De qualquer maneira, obrigado por me contar. Já falei com os meus tios e estamos tentando descobrir a melhor maneira de abordar o assunto com ela.

Você se sente muito aliviada. Esteja ou não acontecendo alguma coisa, a Hunter será bem assistida pelo Walter. Isso faz com que você tenha ainda mais certeza de que tomou a decisão correta de vir bater à porta dele e se abrir para a possibilidade de um romance com o seu amigo.

— Onde paramos? — ele pergunta, puxando você de volta para os seus braços.

Se a sorte estiver do seu lado, esse é só o começo de algo muito especial.

FIM

SNAPSHOT! #41

Sexta-feira, 21 de março, 19h15
Casa Pennyworth

— Vocês são tão fofos — diz Annabel enquanto prende os seus cabelos para trás em um coque frouxo na nuca. — É preciso confessar que estou conhecendo um lado totalmente novo do Walter. Ele é tão engraçado! Eu quase molhei a calça de tanto rir quando ele contou sobre o ataque dos patos no Central Park.

Você concorda com um aceno de cabeça suave, tentando não se mexer enquanto mais um grampo é espetado. Na noite passada você e o Walter — seu namorado há quase um mês, por mais maluco que isso possa parecer — finalmente saíram de casalzinho com a Annabel e o Henry e foram a uma pizzaria. Ela vinha insistindo há semanas — bom, desde que pegou você e o Walter aos beijos com *Casablanca* passando ao fundo e a Ingrid Bergman embarcando no avião.

O negócio é o seguinte com o Walter. Sim, de vez em quando você ainda se contorce quando vê aquele suéter marrom. Sim, você gostaria que ele não fosse conhecido como... bom, um nerd. Você sabe que a Libby está passada por você estar saindo com alguém tão pouco enturmado. Mas, na noite da festa da escola, você descobriu que rolava uma química entre você e o seu melhor amigo. Foi um choque, mas agora você não se conforma de não ter percebido antes esse lance que estava bem na sua cara o tempo todo. Você adora a companhia do Walter, vocês têm um milhão de coisas em comum, e você não consegue parar de pensar em quando será a próxima vez que vai beijá-lo. E daí se ele não é o sr. Popular? Será que isso importa? Suas amigas mais chegadas o aceitaram na turma. A Annabel comprou a ideia na hora, assim como a Spider, e pelo jeito elas disseram para a Libby ser legal ou algo assim. Agora o Walter é sempre bem-vindo.

Por falar na Spider, infelizmente suas suspeitas sobre aquelas provas se confirmaram. Na manhã seguinte, durante o café da manhã, sua colega de quarto confessou tudo com lágrimas nos olhos. A Spider contou que estava sendo pressionada a melhorar as notas em cálculo, tanto que acabou indo contra os próprios princípios e aceitando uma ajuda "ilegal" de uma menina mais velha do time. O pior de tudo é que ela acha que a Oona sabe desse segredo — o que explica a verdadeira aversão de Spider pela garota. Você a convenceu a rasgar as provas antigas o quanto antes — e nem foi preciso usar de muitos argumentos —, e desde então você e o Walter vêm dando umas aulas para ela. Cada prova ainda é motivo de muita tensão, mas ela está indo bem. Tomara que a Oona fique de bico fechado.

A Rainha Malvada tem andado meio murcha desde que o sr. Worth terminou tudo com ela. Você a viu indo para a aula com um moletom largo de capuz e os cabelos presos em um rabo de cavalo bagunçado — isso da garota cujo cabeleireiro vinha de avião uma vez por semana só para dar um trato nela, e que só saía de casa vestida da cabeça aos pés com roupas de marca. Pelo jeito ela está tão preocupada com outras coisas que nem teve tempo de pensar na violação de regras da Spider. Você está com pena da Oona e um pouco culpada pelo fato de não ter se aproximado para oferecer consolo quando teve oportunidade.

Quando a livraria da cidade pegou fogo na noite da festa — na mesma noite em que você ouviu o Worth dizendo para a Oona que a outra mulher em questão era Heather McPherson, que por acaso é a dona dessa livraria —, na hora você pensou o pior da Oona. Ainda bem que, antes que você tivesse tempo de ir à polícia para acusar sua colega de escola de incendiária, a Heather declarou que acabou causando o incêndio sem querer. Parece que ela estava lendo à luz de vela e se esqueceu de apagá-la antes de ir embora. Você achou um pouco estranho, uma vez que ela sempre pareceu ser uma pessoa muito cuidadosa, mas acidentes acontecem. De acordo com o jornal local, depois do incêndio, a Heather e a mãe dela se mudaram para uma linda cabana com vista para um lago na Carolina do Sul, onde ela abriu uma nova loja. Como ela pôde bancar tudo isso é um mistério, até para o jornalista local que cobriu a história, pois ela ainda não tinha recebido o dinheiro do seguro da livraria em New Hampshire. Mas, em todo caso, ela parecia estar feliz e prosperando. Você sente saudade da livraria e das excelentes dicas que ela lhe dava.

Alguém bate à porta, e a Libby vai correndo atender. Esta noite será o Agito de Primavera, e vocês já estão todas arrumadas — até a Spider, que vai com o Dexter Trent, um cara fofo do time de futebol. A julgar pelo estado de euforia e nervosismo da Spider, está na cara que ela está a fim dele, e não de outra menina, como você chegou a especular com a Annabel.

Foi o Henry que acabou de chegar, lindo de morrer em um blazer azul-marinho e calça cáqui. Como sempre, ele esbanja descontração e charme naquele estilo colegial. Ele e a Annabel voltaram uma semana depois da briga que tiveram na noite da festa. Você nunca ficou sabendo direito dos detalhes da reconciliação, mas eles parecem muito felizes agora. Ela corre para recebê-lo, mas, enquanto eles se beijam na porta, você tem a nítida sensação de que ele sabe que você está na sala. Será que é loucura? Como na noite passada, na pizzaria, quando ele ficou... bom, te encarando. Até mesmo quando vocês não estavam conversando, o Henry não tirava os olhos de você. Pensando bem, o modo como ele tratou o Walter também foi um pouco esquisito. Normalmente o Henry costuma ser muito legal, e nunca foi de se importar se alguém é ou não popular, mas ele tratou o Walter com indiferença. Em algumas ocasiões, chegou até a beirar a falta de educação. Quando o Walter estava contando para você e para a Annabel a história do pato, o Henry pediu licença para ir ao banheiro.

— Você está linda — diz o Henry para a Annabel, e ela sorri. Com um pretinho básico tomara que caia e sapatos Manolo altíssimos, ela é um exemplo de elegância. Você também está feliz com o seu visual desta noite. Em sua última semana em casa, você experimentou um tubinho vintage do guarda-roupa da sua mãe, um caleidoscópio de cores em movimento, bordado com fios dourados que parecem raios de sol. Ela usou esse vestido no baile de formatura com o seu pai e o guardou para você. Com a permissão dela, você mandou ajustar para o seu corpo. Ficou incrível com as plataformas da Annabel e um bracelete dourado.

O par da Libby — um cara do terceiro ano que ela conhece de Nova York, só um amigo — chega logo depois com um buquê de rosas rosé. Ela está parecendo uma rosa em tons de pink, com seu vestido rodado de cintura marcada. Simplesmente maravilhosa.

Mas é a Spider quem realmente vai deixar todos de queixo caído. Você e Annabel a ajudaram a encontrar um lindo vestido cinza perolado no shopping. O vestido é fofo, simples e sem muito frufru. Ficou simplesmente perfeito com os cachos soltos, caindo sobre os ombros. Spider tem se concentrado nos estudos nos últimos meses. Ela contou que precisava elevar a média ou ia perder a bolsa de estudos, por isso você passou horas com ela na Biblioteca Therot. O esforço dela mostrou resultados, e ela realmente merece ter uma noite divertida hoje.

O Walter é o último a chegar, e, quando chega, você quase não acredita no que vê. Assim como Spider, ele passou por uma verdadeira transformação. Usando um terno muito alinhado, com os cachos rebeldes aparados e domados, ele está pra lá de fofo... está muito gostoso!

— Uau — é tudo que você consegue dizer ao recebê-lo.

Ele sorri sem jeito e no mesmo instante volta a ser o Walter de sempre.

— Minha prima me deu algumas dicas. — Ele percebe que a Libby olha fixamente e ri. — Não foi nada de mais.

— Você quer dizer a Hunter? — pergunta a Libby. O campus ferveu com a notícia de que o Walter tem uma prima megafamosa. A Helen, que deu uma passada no campus na noite da festa, mas acabou pegando um voo para Nova York antes de você chegar à lanchonete, era na verdade Hunter Mathieson, a superstar que fez par romântico com Ashton Kutcher na telona. O Walter e a Hunter foram vistos entrando juntos na Glory Days, elevando o status dele entre a galera popular da Kings. Não que ele dê importância a isso. Francamente, você também não liga. Você ama o Walter pelo que ele é, e o que as outras pessoas pensam não faz mais diferença.

Depois de tirarem algumas fotos — várias das quais você enviou na hora por e-mail para a sua mãe —, seu grupo segue para a festa, conversando animadamente. Você entrelaça os dedos aos do Walter e ele ergue sua mão até os lábios para beijá-la, fazendo com que uma onda de felicidade tome conta de tudo.

A vida é boa. Você tem as melhores amigas, um cara que você adora e mais três anos espetaculares na Kings pela frente. Nesse clima agradável de primavera, você vai se divertir com a sua turma sob uma linda tenda branca e viver o melhor momento da sua vida. Uma grande noite a espera, e ainda tem muito mais pela frente.

FIM

SNAPSHOT! #42

Sábado, 15 de fevereiro, 22h02
Casa Pennyworth

— Só um segundo — você diz para seu amigo, escolhendo cada palavra com todo cuidado. Você não pode negar que sente algo por ele, mas o Walter é muito importante para você mergulhar assim de cabeça num romance e arriscar perder a amizade dele. — Isso tudo aconteceu muito de repente. Será que você pode me dar um tempo para pensar? Não quero estragar nossa amizade.

Ele se recosta, assentindo.

— Claro. Sem pressão. Nós sempre vamos ser amigos, não importa o que aconteça. Só espero que um dia role algo mais entre a gente.

A resposta dele é tão sincera, tão direta, tão diferente de um típico garoto de quinze anos... Mesmo que você nunca tenha pensado no Walter de um jeito romântico, você gosta tanto dele que agora vai ter que se abrir para a possibilidade. Contanto que ele não se canse de esperar, não há motivo para precipitações.

A porta da Pennyworth 304 se abre e vocês se viram. É a Annabel, que entra num rompante. Primeiro você pensa que ela está bêbada, porque mal consegue controlar as longas pernas e acaba batendo com o quadril na mesinha de canto da Libby.

— Droga — ela resmunga, esfregando a parte dolorida.

— Você está bem? — você pergunta para ela.

— Não. Não estou. — Você percebe que ela não está bêbada pelos fios de lágrimas que descem pelo rosto dela e pelos olhos vermelhos. Ela está de coração partido.

— Vou deixar vocês sozinhas — diz o Walter, pedindo licença para ir embora.

A Annabel senta pesadamente no lugar que há pouco o Walter ocupava no sofá e dobra as pernas contra o peito. Ela tem alguns gravetos e folhas enroscados nos longos cabelos escuros.

— O Henry e eu terminamos — diz ela, abraçando os tornozelos e, de repente, sufocando com uma nova onda de lágrimas.

É como se todo o ar tivesse sido sugado da sala. Ela não pode estar falando sério. Eles formam um casal perfeito! Você está tão surpresa que mal consegue falar.

— Vocês brigaram ou algo assim? Seja lá o que for, tenho certeza que vocês vão se entender.

A Annabel balança a cabeça veementemente de um lado para o outro.

— Não. Acabou. Ele não... — outro soluço angustiado — ele não me ama. Ele quer ficar com outras pessoas.

Isso é ainda mais bizarro. Quem poderia ser páreo para a sua amiga, linda, inteligente, meiga e engraçada? Ela é literalmente perfeita.

— Sinto muito, Annabel. Nem sei o que dizer. — Você a abraça, e ela se larga em seus braços. Em seguida, recua para assoar o nariz em um lencinho de tecido que parece encharcado.

— Você e o Walter estavam assistindo *Casablanca*? — A mudança de assunto é súbita, e está na cara que a Annabel está tentando se distrair. Você pega o gancho.

— Pela milionésima vez. Ele é mais fã do que eu. — Você aponta para o tabuleiro de Scrabble, onde Walter escreveu EU ♡ VC, como se fosse uma manchete chamativa. — Nós tivemos uma noite interessante. Acho que pode estar rolando algo, só não tenho certeza se devo.

— Com o Walter?

— Eu sei. Estranho, né?

A Annabel olha profundamente para você, com os olhos vermelhos.

— Não tem nada de estranho. Quer dizer, eu sempre soube que ele sentia algo por você. Ele é um cara legal. Amigo. Fiel. Não é do tipo calculista que vai te colocar de escanteio igual o Henry fez comigo. — Opa. Você desconfia que malhar o Henry vai se tornar o novo esporte predileto por um tempo. — Você vai dar uma chance para ele?

Antes que você possa responder, Spider entra de supetão.

— Puta merda! — ela exclama quase sem fôlego, correndo até a janela e abrindo as cortinas. — Vocês ouviram as sirenes? Acabei de receber uma mensagem de uma menina do meu time. Parece que a livraria da cidade pegou fogo!

Você e a Annabel correm para ver, e, sim, há fumaça subindo daquela direção, na cidade. Merda. Oona. Será que foi ela? Será que ela ficou tão transtornada com o fora que levou do Worth que foi capaz de botar fogo na loja da Heather num acesso de raiva? Quando você se dá conta, está contando para a Annabel e a Spider tudo o que viu. As palavras escapam da sua boca sem querer.

— Você acha que a Oona botou fogo na loja da mulher? — A Annabel olha incrédula novamente na direção do incêndio. — Eu sei que ela é maluca, mas uma *incendiária* maluca? — Vocês se entreolham, sem saber o que dizer.

— Pode ser coincidência — você diz, olhando de volta para o funil de fumaça que se ergue da cidade.

— Só toma cuidado — diz a Spider. — Não é bom ter a Oona como inimiga.

— E acusar uma colega de escola de um crime não é pouca coisa — acrescenta Annabel.

— Honestamente, não sei o que fazer — você confessa. — Vamos manter isso entre nós por enquanto.

— Oiii! — A Libby quebra o momento ao entrar com o rosto corado, após uma noite de muita bebedeira. Vocês tentam agir com naturalidade, e, felizmente, a cabeça da Libby está em outro lugar. — Vocês ficaram sabendo que a Hunter Mathieson esteve no campus esta noite? Parece que alguém viu a garota indo para a Glory Days com o *Walter*! — A fofoca faz os olhos da Libby brilharem.

— Isso é ridículo. — Você ri. — Ele estava com a Helen, a prima dele, mais cedo.

Ei, espera aí.

Será possível que a Hunter Mathieson é a prima do Walter, conhecida como Helen, que precisou ir para Nova York minutos antes de você chegar à Glory Days? Hunter Mathieson, a estrela internacional, que está em todas as telas de cinema de lábios colados com Ashton Kutcher? De repente, você meio que enxerga isso — as duas têm a mesma estrutura física, olhos incrivelmente azuis. E é a cara do Walter não pensar em mencionar que a Helen — a prima caçadora de rã com quem ele costumava passar férias felizes quando criança — exigiu um cachê de vinte milhões de dólares para fazer o papel da filha rebelde da Julia Roberts na próxima comédia romântica.

— Ligue para ele agora mesmo! — a Libby praticamente berra, empurrando o telefone na sua cara. Talvez seja criancice, mas você está vibrando. Todos vão ter a mesma reação da Libby. Se a Hunter realmente for prima do Walter, ele vai se tornar o cara que todos vão querer conhecer. Não importa o que role entre vocês dois, a vida na Kings vai ser bem mais fácil se ele for um cara popular. E ter um parente tão famoso é garantia na certa.

— Prometo que vou ligar para ele amanhã de manhã. — Você dá uma olhada para a Annabel, que parece prestes a despencar emocionalmente. — Acho que é melhor todas nós encerrarmos a noite. — Para ser sincera, você não vê a hora de esticar o corpo. Talvez então você consiga decidir o que fazer com o Walter e a Oona. E ainda tem a conversa que você precisa ter com a Spider sobre aquelas provas que você achou na gaveta da escrivaninha. E, por último, você não consegue parar de pensar no Henry, que agora está solteiro. Ele simplesmente deixou a sua melhor amiga arrasada, e você sabe que é ruim sentir isso, mas parece impossível sufocar a atração que você sente pelo cara.

A Annabel se joga na cama, e você se prepara para fechar a cortina.

— Será que podemos deixar a cortina aberta hoje? — pergunta ela, e você assente, subindo a escada para a cama de cima do beliche. A Annabel apaga a luz, e vocês ficam deitadas vendo os flocos de neve caindo do lado de fora da janela, refletindo suavemente a luz dos postes. Você tenta não pensar na fumaça distante, que não pode mais ser vista do seu quarto, e nas consequências disso para a pobre Heather McPherson.

FIM